Coleção

Coleção **anamaria machado**

Isso ninguém me tira

Ilustrações

Maria Eugênia

editora ática

Isso ninguém me tira
© Ana Maria Machado, 2002

Diretor editorial adjunto	Fernando Paixão
Editora adjunta	Carmen Lucia Campos
Editora assistente	Elza Mendes
Coordenadora de revisão	Ivany Picasso Batista
Revisora	Danielle Mendes Sales

ARTE
Projeto gráfico	Victor Burton
Editora	Suzana Laub
Editor assistente	Antonio Paulos
Editoração eletrônica	Ana Paula Brandão
Edição eletrônica de imagens	Cesar Wolf

CIP-BRASIL. CATALOGAÇÃO NA FONTE
SINDICATO NACIONAL DOS EDITORES DE LIVROS, RJ.

M129i
9.ed.

Machado, Ana Maria, 1941-
Isso ninguém me tira / Ana Maria Machado ; ilustrações Maria Eugênia. - 9.ed. - São Paulo : Ática, 2003
120p. : il. - (Ana Maria Machado)

Contém suplemento de leitura
Inclui bibliografia
ISBN 978-85-08-08670-2

1. Literatura juvenil. I. Eugênia, Maria, 1963-. II. Título. III. Série.

09-3724.   CDD 028.5
               CDU 087.5

ISBN 978 85 08 08670-2 (aluno)
CAE: 220759
CL:731410

2024
9ª edição
20ª impressão
Impressão e acabamento:
Log&Print Gráfica, Dados Variáveis e Logística S.A.
OP: 248586

Todos os direitos reservados pela Editora Ática S.A., 2003
Av. das Nações Unidas, 7221, Pinheiros – CEP 05425-902 – São Paulo, SP
Atendimento ao cliente: 4003-3061 – atendimento@aticascipione.com.br
www.coletivoleitor.com.br

IMPORTANTE: Ao comprar um livro, você remunera e reconhece o trabalho do autor e o de muitos outros profissionais envolvidos na produção editorial e na comercialização das obras: editores, revisores, diagramadores, ilustradores, gráficos, divulgadores, distribuidores, livreiros, entre outros. Ajude-nos a combater a cópia ilegal! Ela gera desemprego, prejudica a difusão da cultura e encarece os livros que você compra.

Coleção

O destino às vezes apronta cada brincadeira perigosa! Dora sai da fazenda para estudar na cidade. Apaixona-se por Bruno, o gato mais disputado da escola, que a ignora. Gabriela dá uma força para ajudar sua prima e amiga Dora a conquistar Bruno. O rapaz fica mesmo é louco por Gabriela, que, cheia de culpa, tenta resistir mas acaba admitindo estar também apaixonada por ele. Começa o namoro.

Como pode Gabriela fazer isso com sua melhor amiga? É o que todos perguntam indignados. Vai dar briga feia!

Se você acha que esta história é a luta de dois adolescentes apaixonados para ficarem juntos, acertou, mas em parte. Com o primeiro amor, Gabriela vive conflitos, frustrações, descobertas, conhece o gosto da independência, da liberdade… E cresce tanto quanto seus sonhos, dos quais ela faz questão de não abrir mão, nunca!

Este livro vai mexer com você, pode acreditar. Vai provocar discussão, pôr à prova valores, desejos… E você vai certificar-se de que realmente "os caminhos do amor são sempre surpreendentes", como diz Ana Maria Machado, nos Bastidores da Criação, p. 114.

Sumário

1. *Como tudo começou – versão da Gabi* 11
2. *Como tudo começou – versão da Dora* 19
3. *Como tudo começou – versão do Bruno* 33
4. *Complicações de montão* 39
5. *Inventando um jeito* 53
6. *Com um oceano pelo meio* 61
7. *Correntes e correntinhas* 77
8. *Bolhas* 89
9. *Isso ninguém me tira* 99

anamariamachado, *com todas as letras* 111
Biografia 112
Bastidores da criação 116

Sabe você o que é o amor?
Não sabe...
Eu sei!
(...)
... mas sei que a minha poesia
– rá-rá... –
você não rouba, não...

                                Vinicius de Moraes

1 *Como tudo começou*

Versão da Gabi

Logo da primeira vez que eu vi o Bruno, soube que era o cara mais lindo que eu já tinha visto na minha vida. Foi só bater os olhos nele de longe, andando pela praia devagar em direção a nós duas. Não precisou mais. Um gato. Desses de deixar a gente meio sem fala. Não precisava esforço nenhum para ver que ele era demais.

Mas o que não dava para saber assim logo, naquele instante, era que eu já sabia tudo da vida dele. Ou, pelo menos, um monte de coisa. O nome e o sobrenome. O colégio onde ele estudava. A rua onde morava. Que tinha – ainda tem, e acho melhor falar de tudo isso no presente – um irmão pequeno chamado Felipe e uma irmã de uns oito anos chamada Cláudia. Que o pai dele é italiano e a mãe é de Mato Grosso. Que ele tem uma bicicleta. Que estuda inglês num curso lá perto da casa da minha tia Carmem. Que joga basquete no clube e treina todo dia no fim da tarde. Que odeia dançar e nunca vai a nenhuma festa. Que nunca leva lanche de casa e todo dia come cachorro--quente com refrigerante na cantina do colégio. Que não tem namorada. Que tudo quanto é menina vive apaixonada por ele.

Principalmente minha prima Dora.

Mais que minha prima, minha melhor amiga. Aquela amigona para quem a gente conta tudo. Aquela pessoa com quem eu sei que posso contar para tudo. A qualquer momento.

Por causa dela é que eu sabia tudo do Bruno. Menos a cara que ele tinha. Só faltava encontrar em pessoa.

Acho que, desde que ela veio de Livramento para estudar na nossa cidade e foi morar na casa da tia Carmem, a gente se falava ao telefone todo dia e se encontrava sempre que podia. E toda vez ela falava no Bruno. Foi assim que eu fiquei sabendo tanta coisa dele.

No começo, a gente nem sabia muita coisa. Ela só falava nele como "o menino do sinal". Porque ele tem um sinal incrível no rosto, uma pinta bem pretinha, pouquinho acima do lado esquerdo da boca. E tem cabelo preto bem liso, comprido, sempre caindo na cara, e ele tem que jogar para trás com um gesto lindo da cabeça, que ele faz toda hora. E o nariz? Sabe o que é perfeito? Pois é, o dele é. Retinho, nem grande nem pequeno, parece desenhado. Nunca vi igual. Os olhos são meio rasgados, mas grandes. E bem pretos. E parece que chamam mais a atenção porque os ossos são muito marcados, dão destaque – as maçãs do rosto saltadas, o queixo muito definido, meio quadrado. Os dentes são certinhos, sem nem precisar de aparelho, e se

mostram num sorriso muito branco, por causa da pele. Ah, a pele morena é morena mesmo, bronzeada naturalmente. E ainda fica mais dourada pelo sol, claro. Parece um índio. Daqueles bem lindos, de filme, tipo "último dos moicanos". No meio de todos aqueles surfistas louros que passam carregando as pranchas, ele é o único morenão. Está bem, exagerei. O único, não. Está cheio de menino de cabelo preto. Mas nenhum lindão como o Bruno. O tal "menino do sinal". Um sinal aberto, pedindo para avançar. Minha prima Dora tinha toda razão.

Aos poucos, ela foi descobrindo mais coisas sobre ele. E foi contando. Para mim e para a torcida do Flamengo – como diz meu pai. Mais a do Vasco, do Corinthians, de tudo quanto é time. Todo mundo na família sabia da paixão dela pelo Bruno – tias, tios, primos, avós, madrinhas, amigas da vizinha, acho que até o papagaio da área já devia ter aprendido a repetir "Bruno! Bruno!".

Às vezes eu ficava até com uma espécie de vergonha, porque sou muito diferente. Minha mãe diz que tenho mania de segredo. Mas não é verdade. Só que eu não gosto que fiquem sabendo da minha vida, não saio por aí contando tudo, que nem a Dora. Quando eu gosto de um menino, por exemplo, escondo mesmo. Não quero que fiquem comentando. A Dora, não. Nem liga. Só não queria que ele soubesse. Mas como nunca se aproximou dele, nem de quem era amigo dele, não tinha mesmo esse perigo. E passou dois anos – dois anos, cara!, já pensou? – falando do Bruno, sonhando com o Bruno, suspirando pelo Bruno, sem nunca chegar perto do Bruno. Tinha uma facilidade (ou uma dificuldade) para quem não quer estar perto. É que os dois estudavam no mesmo colégio. E embora os horários de pátio fossem diferentes para o primeiro grau e o segundo, sempre dava para ela olhar para ele de longe, dar uma conversadinha aqui com alguém, outra ali, e ir aos poucos descobrindo uma porção de coisas. Quando ficou sabendo o sobrenome dele, foi um tremendo adianto. Porque a minha tia Carmem (que devia ouvir falar no Bruno da manhã até a noite, imagine só, com a Dora morando na casa dela) disse que tinha sido colega de faculdade da mãe dele. E aí foi aquele montão de informação...

Minha prima ficou na maior animação. Tem horas que eu acho que, por mais apaixonada pelo Bruno que ela estivesse ficando, ela estava mais fissurada era em brincar de detetive e tentar descobrir coisas sobre ele. Mas não sei. É muito difícil falar dessas coisas. Eu acabei me envolvendo muito nessa história toda e não dá para ter certeza de mais nada quando a gente entra nesse terreno dos sentimentos. E estou querendo contar tudo direito, com a maior exatidão, a maior honestidade. Para você entender bem. Ou para eu mesma entender, talvez, nem sei, mas acho que a verdadeira razão, no fundo, é essa. Para mim mesma. Senão, não adianta nada. Fico tentando lembrar cada momento, como se estivesse acontecendo agora, como se o passado fosse presente e eu estivesse vivendo tudo neste exato instante. Para ver se, aos poucos, eu entendo o que houve, porque tem horas que eu mesma me espanto.

Então, recapitulando esse começo: desde a primeira vez que eu vi o Bruno, achei que ele era lindo. Mas, no primeiro momento, eu não sabia, nem podia adivinhar que aquele cara maravilhoso que vinha andando pela praia era justamente o famoso Bruno, a paixão da vida da Dora, minha prima, minha melhor amiga. Eu sabia tudo dele, sabia até o número do pé do sapato (porque uma vez ele deu para um colega no colégio um par de tênis que tinha ficado apertado e ele não queria mais, era só aumentar o número para saber quanto ele calçava agora, e Dora descobriu...). Mas eu não conhecia a cara dele. Nem desconfiava. Não sou adivinha.

Estou escrevendo isso e pensando uma coisa. Não é justo que você só conheça o Bruno pelo que eu digo. O bom era saber o que a Dora sempre disse, com as palavras dela. E tem um jeito ótimo, você vai ver.

Quando ela veio de Livramento para estudar num colégio melhor, numa cidade maior, meu tio Henrique (que é o pai dela, irmão da minha mãe e da tia Carmem) queria que ela aproveitasse bem todas as oportunidades de aprender coisas que não existiam lá naquele fim de mundo onde eles moram, na verdade mais uma vila do que uma cidade. Ele é agrônomo e trabalha numa fazenda enorme, os filhos vão à escola rural, mas quando Dora ia para a sétima série, ele achou melhor que ela viesse para a cidade. Aprender coisas, conhecer gente – foi assim que ele explicou. E uma das coisas que ele fez questão que ela aprendesse foi datilografia. Talvez ela pudesse um dia ser secretária ou trabalhar em alguma coisa em que precisasse bater a máquina. E como na casa de tia Carmem não tinha máquina, pediram lá em casa. Mamãe ia concordando, só que papai disse que não se incomodava de emprestar, mas não queria que tirassem de lá de casa, porque de vez em quando ele podia precisar para alguma coisa. Então, a Dora vinha treinar e fazer exercício na nossa Olivetti. E uma coisa que ela fazia muito era trazer o rascunho das cartas que queria escrever, para passar a limpo na máquina. Mesmo depois que aprendeu bem e acabou o curso, continuou fazendo isso. E deixava os rascunhos guardados comigo, numa pasta de papelão todo florido, no fundo da minha gaveta. Muitas vezes eu tentei devolver e ela disse:

– Eu não, para que é que eu quero isso? Guarda com você...

– Mas são suas – dizia eu.

– Você não disse que quer ser escritora? Pois então, fique com elas. Talvez um dia sejam uma inspiração, já pensou? Você pode ficar famosa, escrever novela para televisão, e todo dia, às oito da noite, o Brasil inteiro vai parar para assistir à "Dora", com aquela música do meu nome tocando...

– Quase não tem mais novela com nome de gente.

– E *Salomé*?

– Você mesma não disse que "Salomé" lá na fazenda era nome de vaca?

– Na fazenda... Na fazenda... Mas na novela era gente. E tem mais um monte. Isaura, até com seu nome, Gabriela, sei lá, deve ter mais. Quando você quiser, é só usar. Nem precisa pedir licença. Vai ser meu único jeito de ficar famosa.

— Deixe disso. Você pode fazer muita coisa importante pela vida afora. Descobrir remédios, ser repórter, ganhar campeonato de vôlei, virar artista...

— Estou falando sério. Você é que vai ser famosa, escritora, artista, campeã, sei lá o quê. Eu vou é casar com o Bruno, ir morar na fazenda, ter um monte de filhos e contar para eles como eu sempre fui apaixonada pelo pai deles e como sempre soube que minha vida ia ser toda dedicada a minha família. Nem sei para que é que eu estou estudando tanto... Ai, Bruno!

E, pronto! Lá vinham os suspiros... E Bruno pra cá, Bruno pra lá...

Por isso, acho que agora posso aproveitar essa sugestão dela mesma e mostrar alguns pedaços dessas cartas que ela ia escrevendo para casa e para as amigas de Livramento, contando do Bruno. Assim ela própria conta um pouco desses dois anos. E dá para aproveitar e conhecer um pouco da Dora também.

2 Como tudo começou

Versão da Dora

Santana, 4 de abril de 19...

Alicinha, minha irmã querida,

Não se espante com esse envelope e essa carta batida a máquina. Sou eu mesma, escrevendo em casa da tia Lola, com o que vou aprendendo na datilografia.

Aqui vai tudo bem. Já estou acostumando mais com o colégio, não o considero mais tão puxado. Acho que, se eu souber fazer um esforço e cumprir minha parte com responsabilidade, vou poder acompanhar bem. Os professores, em geral, são bons e compreensivos, embora muito

diferentes daquele jeito carinhoso da dona Dinorá aí...
São mais distantes, não se interessam pelos alunos do
mesmo jeito que ela. Mas são muito competentes para dar
a matéria.

Como já lhe disse, o colégio é muito grande, com muitas turmas. Na hora do recreio, fica uma multidão no pátio. Talvez eu devesse dizer "na hora dos recreios", porque há mais de um. Fora os dos menores, de tarde, só de manhã são dois – o meu (da quinta à oitava série) e o dos mais velhos (do segundo grau). Um começa quando o outro acaba. Os alunos em geral se cruzam na escada, nós subindo, os outros descendo. Então dá para ver de perto os outros, muito rápido. Uma menina engraçada, sardenta, de cabelo meio ruivo. Um menino lindo, de cabelo comprido, com um sinal em cima da boca. Duas gêmeas tão iguais que nem dá para distinguir uma da outra. Mas, na verdade, ainda não conheço mesmo ninguém, fora da minha sala. E minha única amiga é mesmo a Gabi, aqui na casa da tia Lola. A gente fala todo dia pelo telefone. E agora, por causa da aula de datilografia, eu vou ter que vir aqui toda semana treinar. Mas sinto muita saudade de vocês. Lembranças para todos, beijos para as crianças. Estou escrevendo para Mãe e Pai em outra folha.

                                                          Dora

✳ ✳ ✳

Santana, 18 de abril de 19...

Alicinha, querida,

Hoje a carta é bem rapidinha, porque vai ter uma festa no colégio daqui a pouco e tenho que voltar para lá. Teve um concurso de leitura e redação, e os prêmios vão ser entregues no auditório hoje, porque é dia do aniversário de Monteiro Lobato. Eu não ganhei nada. Mas o ganhador de todo o segundo grau foi o tal menino do sinal, que se chama Bruno. E eu quero ver essa entrega de prêmio. Pode ser que tenha discurso de agradecimento, aí eu ouço a voz dele. Se combinar com a cara e o jeito, deve ser demais! Ele é lindo, minha irmã, nunca vi um menino assim. E tem um jeito simpático de sorrir, meio encabulado, ai!, fico emocionada só de lembrar. Mas não conte para ninguém, pelo amor de Deus, não quero que Pai e Mãe se preocupem. Tchau, um beijo.

                 Dora

✳ ✳ ✳

Santana, 9 de maio de 19...

Querida Alicinha,

Foi ótimo mamãe ter vindo na semana passada para o feriado. A gente matou as saudades um pouco, e adorei ver as fotos de vocês todos. Não sei se vocês gostaram das minhas que ela levou, de cara nova com cabelo cortado. Agora o cabelo do Bruno está mais comprido do que o meu.

Quando faz calor ou tem aula de educação física, ele prende num rabinho, com um elástico. Se o pessoal aí na fazenda visse, ia achar engraçado. Mas ele não fica engraçado. Fica ainda mais bonito, se for possível.

(... outros assuntos vou cortar. E vou cortar as assinaturas e despedidas. São sempre da Dora, claro. Acho que agora só vou mesmo pegar os trechinhos que falam nele mais diretamente, e mesmo assim, só alguns. Senão, isso não tem fim. Gabi)

30/5

... Não fale no Bruno como se fosse meu namorado, porque não é verdade. A gente não namora. Ainda, minha irmã, ainda! Para falar a verdade, eu nunca conversei com ele. Mas troquei de lugar na minha sala e agora sento perto da janela. Quer dizer, no terceiro tempo, enquanto o pessoal do segundo grau tem recreio, eu posso ficar vendo. E todo dia vejo o Bruno na fila da cantina, ou conversando, comendo e tomando refrigerante com aquele jeitinho dele... Também vejo bem as aulas de educação física no pátio. Foi aí que descobri que ele é o melhor jogador de basquete do colégio, todo mundo tem orgulho dele. Mas também, ele treina toda tarde no clube, faz parte do time oficial, é campeão juvenil. De vez em quando, quando tem jogo fora, vai um pessoal do colégio assistir e torcer. Já me chamaram, mas eu ainda não tive coragem.

14/6

Vai ter uma festa junina no colégio, enorme, com barraquinhas, quermesse, um montão de coisas. E quadrilha.

Todas as turmas participam, e fomos divididos em dois grupos. Eu entrei no grupo dos maiores, já pensou, Alice, minha irmãzinha querida? Vou dançar na mesma quadrilha que o Bruno! E vamos ter uma porção de ensaios... Vamos nos encontrar, de perto, muitas vezes. Pode ser que agora a gente comece a namorar de verdade...

4/7

A gente conversa com mais calma quando eu chegar aí na semana que vem, para passar umas semanas de férias e matar as saudades. Para satisfazer sua curiosidade, só adianto que a festa junina foi ótima, e tia Carmem aprontou uma caipira superbonita para mim, no capricho, todo mundo elogiou. Quer dizer, todo mundo menos o Bruno. Ele é muito fechado, sabe?

Está sempre com os amigos, não conversa muito fora da turma dele. Mas sempre tinha umas vezes em que a gente se cruzava na quadrilha - apesar de que descobri que ele só participou porque era obrigado, não gosta de dançar. Mas quando uns pares faziam túnel e outros passavam por baixo, ou quando uma roda grande se fechava no centro, a gente se via bem de perto, às vezes dava até para encostar nele de leve. Foi ótimo. Mas eu estava com um par chatíssimo, o Sérgio, da minha sala, que vive atrás de mim o tempo todo, e toda hora me puxava para o lado...

8/8

Você nem sabe da maior. Tive uma conversa superlegal com tia Carmem outro dia, porque eu voltei da fazenda com muita saudade de casa e andava meio triste, e ela chegou perto para bater papo, foi uma gracinha, contou coisas do Pai quando era pequeno, e de como ele e Mãe se conheceram e começaram a namorar, das festas a que eles todos iam juntos, de um piquenique que fizeram, essas coisas. Eles todos foram colegas de colégio, você sabia? Aí, a conversa foi se animando e eu acabei contando a ela sobre o Bruno. E quando eu falei o sobrenome dele (que eu sei, desde aquele concurso de redação que ele ganhou, e adoro falar, porque é tão lindo, com um nome italiano que parece música...), ela disse que conhece a família. Já imaginou? Conhece mesmo, é amiga da mãe dele, foi ao casamento dos pais dele. Disse que até visitou o Bruno na maternidade quando ele nasceu, já imaginou que fofura? Eu perguntei se ele era um bebezinho lindo, com aquele sinal perto da boca, mas ela disse que não lembrava de nada em especial. Só da mãe dele. Elas foram colegas de faculdade e a mãe dele agora trabalha numa agência de publicidade. O pai dele é fotógrafo, italiano, tinha vindo ao Brasil para fazer um trabalho, acabou ficando e casando. Só que tia Carmem explicou que agora não encontra com essa amiga há muito tempo, mas quem sabe?

28/8

Continuo a descobrir uma porção de coisas sobre ele. Ou sobre a família dele. Tia Carmem contou que a mãe dele é muito inteligente, brilhante mesmo, era uma das melhores alunas da faculdade e é muito respeitada profissionalmente. E tinha sido criada numa fazenda no interior, como eu! Você não acha uma tremenda coincidência? A história da juventude da mãe dele ter tantas semelhanças com a história da menina com quem ele vai acabar se casando...

Ele ainda não sabe, mas vai… E aí as histórias ficam diferentes. Porque eu não vou fazer a menor questão de ser melhor aluna da faculdade, me formar, fazer uma carreira brilhante num mercado disputadíssimo, com níveis de concorrência extraordinários - como diz tia Carmem. Quero mesmo é morar na fazenda e criar meus filhos, com toda a dedicação. Esse negócio de mãe que trabalha fora não faz muito meu gênero. Por mais que se esforcem, elas nunca dão conta do recado, eu acho. Por exemplo, aqui para nós, a Gabi nem reclama, mas eu acho que a tia Lola podia dar mais atenção a ela, controlar mais, ir de vez em quando ao colégio dela conversar com os professores, perguntar a eles sobre os problemas da filha, fazer mais companhia.

(Eu, hein, Deus me livre!, que ideia! Já imaginou uma mãe à toa dentro de casa, pegando no meu pé de manhã à noite? Tô fora…/Gabi)

As duas têm umas manias de independência que para mim são meio exageradas. Completamente diferente da gente, do carinho que Mãe tem em estar sempre fazendo coisas para nós. Na casa da tia Lola, até o Tiago vai para a cozinha "se virar", como ele fala. Frita ovo, bife, faz arroz, tempera salada. De manhã cedo, são a Gabi e ele que fazem o café para a família toda. E mais uma porção de coisas que não acho muito adequadas, mas não quero ficar falando nem parecer indiscreta.

(Já falou, já foi… Aliás, sempre é. Gosto muito da Dora, mas às vezes ela fala demais. E acha que o mundo é como ela imagina, não sabe muito respeitar as diferenças. E confunde carinho de mãe com trabalheira. Minha mãe não precisa ficar me paparicando para eu saber que ela gosta de mim. / Gabi/ Aliás, toda vez que estiver entre parênteses assim pelo meio das cartas, pode saber que são os meus comentários. Não vou assinar mais.)

É o jeito deles e são felizes. Não tenho nada que me meter.

(Não tem mesmo, não gostei muito desse pedaço aí, não é da conta dela como meus pais educam meu irmão e eu, mas vá lá... deixei, para você ver o que ela pensa da vida. Uma amigona e uma gracinha, mas com umas ideias meio antiquadas, e toda cheia de "convenientes" e "adequados". E agora está muito melhor, vivendo com tia Carmem, uma mulher solteira e independente, o máximo! Mas, quando chegou aqui, tinha horas que era ridícula...)

18/9
Hoje é o aniversário do Bruno! Descobri por acaso. Ouvi o Meireles, professor de história, dizer para o Celso, de matemática, que tinha que resolver uns negócios no centro depois da aula e ia pegar uma carona com o pai do Bruno, que hoje vinha buscar o filho para almoçarem num restaurante por causa do aniversário dele. Fiquei vigiando o portão. E vi o pai dele, Alicinha! Os dois passaram pertinho de mim, se eu esticasse o braço dava para pegar neles... O filho tem a quem sair. O pai é um cara lindo, com uns cabelos meio grisalhos, parece um artista de cinema... Foi ótimo! Ele é quem fez anos, eu é que ganhei presente, vendo os dois assim tão de perto...

9/10

Outra coisa: não precisa se preocupar com esse meu interesse súbito por astrologia, nem me repetir os sermões do padre Olinto aí da igrejinha: eu sei que não é verdade, não estou levando a sério nada, não acredito que os astros determinem a nossa vida, não deixei nem um pouco de ser católica, continuo indo à missa todo domingo. Portanto, minha irmã, fique calma e não se afobe. Só falei que, agora que sei que o Bruno é virginiano, me interessei em saber algumas coisas desse signo, para entender melhor o rapaz que eu amo. Mas é de brincadeira, eu sei que nada está escrito nas estrelas. Embora, no fundo, eu tenha a sensação de que meu destino de conhecer o Bruno e me apaixonar por ele já estava traçado, foi por isso que eu vim para cá de repente, estudar neste colégio. Mas acho que isso ocorre com todo grande amor, não é mesmo?

30/10

Você nem pode imaginar o que me aconteceu no sábado, Alicinha! Teve uma reunião especial no colégio, com representantes de todas as turmas, para organizar a festa de fim de ano. Eu não era representante, na minha turma é a Marisa, mas ela me chamou para ir porque disse que eu tenho mais disponibilidade do que os outros e podia ajudar em alguma coisa se precisasse. E aí, o Bruno também estava! Ele é que é o representante da turma dele! Quando abriu a boca para falar, fiquei de garganta seca, rosto quente - na certa fiquei vermelha - e meus joelhos tremiam tanto que eu achei que todo mundo ia ouvir. Ele tem uma voz linda! E fez umas propostas muito interessantes. Sugeriu que fizéssemos uma gincana, todo mundo gostou. E como vamos ter que nos reunir mais vezes para organizar, agora vou poder encontrá-lo sempre e vamos acabar nos falando.

(Pode? Depois desse tempo todo, ela encontra o cara, numa reunião pequena, e não é capaz de aproveitar para falar com ele...)

6/11
Na semana que vem, vai ter outra reunião daquela comissão para a festa de fim de ano e a Marisa tornou a dizer que eu tenho que ir, que eu sou muito prestativa, é como se fosse uma "assessora da representante". Vou estar com o Bruno de novo. Desta vez, pode ser que eu fale com ele. Passo o dia inteiro pensando nisso, não consigo prestar atenção em mais nada. Nem durmo direito, imaginando o que vou dizer, como ele vai responder, o que vou dizer de volta. Depois te conto como foi.

13/11
Hoje na reunião, o Bruno estava ainda mais lindo, com um band-aid por cima da sobrancelha, não sei como foi que ele se machucou. Fiquei preocupadíssima quando vi, mas não deve ter sido nada grave. Pelo jeito, ele não estava ligando a mínima. Falou muito, distribuiu tarefas, a Marisa me ofereceu para eu bater a máquina o regulamento da gincana, ele me olhou - ME OLHOU! - e disse que podia ser. E aí falou diretamente COMIGO.

Disse para eu fazer com cuidado, as margens certinhas, sem nenhum erro, porque "pega muito mal" um papel todo rabiscado. E para entregar a ele no prazo, que ele ia

fazer uma revisão, e, se tivesse alguma coisa, ele consertava com líquido corretor. Uma gracinha! Um rapaz limpo, caprichoso, meticuloso... Uma raridade... Mas dizem que isso é uma característica dos virginianos... Bom, eu não consegui responder nada, só fiz que "sim" com a cabeça.

(Não sei como foi que ela não disse: "Sim, senhor, patrão!".)

20/11

Não tive coragem de ir à reunião. Não aguentei. Bati o regulamento no maior capricho e mandei pela Marisa. Acho que, se tivesse algum erro e ele reclamasse, eu ia desabar no choro. E, se estivesse tão lindo que ele elogiasse, eu ia desmaiar de emoção. Fiquei com medo de me portar de modo inconveniente, "dar vexame", como diz a Gabi – que, aliás, insistiu comigo de todo jeito para eu ir, acabamos discutindo, ela disse que aquilo tudo era uma bobagem e eu estava sendo uma "panaca". Ela sempre fala umas coisas assim engraçadas, mas desta vez foi longe demais. Fiquei com raiva, brigamos. Porém, achei mesmo mais discreto não comparecer. Depois perguntei à Marisa como tinha sido, ela só disse: "Tudo bem!". Criei coragem e perguntei o que ele achou, porque afinal foi ele quem encomendou. E ela me respondeu que não tinha nada para achar, ora! Onde já se viu uma coisa dessas? Eu sofro uma semana em cima da máquina, passo o troço a limpo umas quinhentas vezes, sai absolutamente perfeito, e não mereço nem uma palavrinha de elogio e reconhecimento? Primeiro, fiquei furiosa. Mas depois lembrei que também li em algum lugar que alguns virginianos - muito raros - são meio desligados. Talvez ele faça parte dessa minoria.

4/12

Depois daquele episódio do regulamento datilografado, não tive mais coragem de ir às reuniões e pedi a Marisa que me dispensasse. Ela só falou "Tudo bem", acho que para ela está sempre tudo bem. Aí eu expliquei que era porque eu precisava estudar para as provas e inventei que eu nem mesmo sabia se ia poder ficar para a festa, porque estava com saudade da minha família e louca para voltar para casa assim que as provas acabassem (o que também é verdade). Sabe o que ela falou? "Tudo bem." Nem insistiu para eu ficar. Vai ver, ela gosta do Bruno e ficou com ciúme. Agora, com essa também, resolvi que não fico para a festa. Dia 10 estou indo para casa.

É claro que, com essa, tivemos o segundo *round* de uma grande briga em poucos dias. Eu tornei a dizer que ela era absolutamente panaca e outras coisas que a gente não escreve. Ela ficou chocadíssima, disse que uma moça não diz isso. E não adiantou nada. Não foi à festa.

Depois das férias, novo ano escolar. Tem mais um ano inteiro dessas cartinhas, mas acho que a esta altura não preciso mais ficar escolhendo e copiando trecho. É sempre a mesma coisa. Cruza com ele no pátio, suspira. Um dia ela vai à secretaria do colégio buscar alguma coisa para um professor e ele está lá esperando para falar com alguém. Ela não tem coragem de olhar para ele. Outro dia, os dois chegam atrasados ao mesmo tempo, o portão está quase fechando. Correm pela calçada, ele olha o relógio. Ela não pergunta as horas. Não acontece nada. Outro dia, é a vez dele perguntar alguma coisa sobre o ônibus, ela responde e pronto. Não leva a conversa adiante. O ano inteiro foi desse jeito. Convidavam para uma festa, ela sabia que ele ia, não tinha coragem de ir. Mas continuava falando na lindeza dele, na vida de casados, em como iam ser os filhos. Fui perdendo a paciência com essa novela sem fim. Cada vez mais, a gente conversava de outras coisas. Às vezes era meio difícil, porque ela só queria falar no Bruno. Mas eu sou muito variada, sabe (dispersiva, meu pai reclama), me interesso por muita coisa, sempre tinha outros assuntos na cabeça e queria contar para ela, porque continuo achando a Dora uma pessoa maravilhosa e sempre quero conversar com ela.

Quer dizer, quando afinal chegou aquele dia na praia em que eu vi o Bruno pela primeira vez, eu sabia de toda a história dele e de toda a história da paixão dela. Mas acho que, no fundo, eu já não levava mais a sério. Não digo isso para me desculpar, não. Porque eu não preciso de desculpa, não tive culpa nenhuma, não fiz nada errado. Mas quero só explicar direito.

3 Como tudo começou

Versão do Bruno

Apesar desse título aí, ainda sou eu, Gabi, quem conta. Sou eu mesma quem está contando tudo. Mas é que, de repente, me ocorreu uma coisa. Eu já contei o meu lado e o lado da Dora nessa trapalhada toda. Como as coisas se passaram até aquele dia na praia. E acontece que, de alguma forma, eu posso trazer também uma versão do Bruno. Eu não tenho cartas dele, não é isso. Mas no dia seguinte àquele da praia, ele deixou uma fita gravada para mim, dentro de um envelope, na portaria do meu prédio. E vale a pena a gente ouvir (eu sei de cor...).

Oi, Gabi, é o Bruno. Desculpe a invasão, mas eu tinha que falar com você de novo e quero ter certeza de que você vai me ouvir até o fim. Por isso, fiz esta gravação e vou deixar com o porteiro. No telefone, você só ficou desconversando e desligando. Depois, nunca estava – ou mandava dizer que não estava, só para não atender. Eu não sou bobo. Primeiro, fiquei meio puto e ia deixar pra lá. Mas pensei melhor e acho que entendi umas coisas. Quero que você me diga se é verdade, se pensei certo. E aí a gente vê...

Eu fico meio sem jeito, porque isso nunca me aconteceu, não sei como é que se faz, se é certo, mas estou fazendo uma coisa que eu sinto que devo fazer. E essa coisa é, pelo menos, falar.

Então começo pelo começo. Ontem eu não ia à praia, as ondas não estavam boas e mar pra mim é para surfar. E quando vou surfar, acordo cedinho, corro para a janela para ver o mar, como alguma coisa rápido pela cozinha, pego a prancha, desço e vou encontrar com o pessoal no Pontão, não fico por aqui. Quer dizer, só fui à praia ontem em frente à sua casa porque estava de bobeira. Não fui pegar onda e nem ia à praia. Mas depois, tava o maior calor e mudei de ideia, então saí andando pela areia, com os pés dentro d'água. Tava um solão danado e eu fiquei a fim de dar um mergulho. Mas não queria largar a camisa de bobeira em qualquer lugar pra neguinho não carregar. Comecei a olhar, pra ver se via alguém conhecido ou alguma família de cara séria, pra eu poder pedir para tomar conta. Aí eu vi uma menina que eu conheço lá do colégio e fui me aproximando. Ela me viu, tenho certeza, mas se mandou, resolveu levantar e correr para a água. Você estava ao lado dela e ficou. Eu já estava mesmo chegando perto, pedi a você. Mas gostei do jeito que você disse que sim, tinha um jeito maroto de prender o riso, como se tivesse alguma história que eu não soubesse, algum mistério, sei lá. Me deu vontade de saber. Então dei a camisa para você tomar conta, mas não caí n'água. Sentei para um papo. Um superpapo, não preciso te dizer, você sabe tão bem quanto eu. Com dois minutos de conversa, parecia que a gente se conhecia havia anos. Estou falando a verdade, protegido por este gravador, porque sei que você não vai rir na minha cara nem desligar o telefone. Mas nunca na minha vida eu tinha encontrado uma pessoa com tanta afinidade, se interessando pelas mesmas coisas, odiando os mesmos troços. Até quando a gente não concordou – e, pensando bem, não concordamos em muita coisa – foi de um jeito divertido, você ouviu meu ponto de vista e soube me explicar o seu. Mais tarde, em casa, pensando nisso tudo, eu achei que foi porque você me fez rir muito. Você é muito divertida, sabe? Tem um jeito engraçado de pensar nas coisas, e mais engraçado ainda de dizer... Eu não me lembro de, nunca, ter curtido tanto ficar assim só conversando com alguém, achando um programa tão legal.

Aí tua prima voltou da água, você me apresentou, mas já tinha falado tanta coisa dela, tanto elogio, que era até como se eu já conhecesse. Uma pessoa maravilhosa, você disse. E, logo nessa hora, você resolveu ir mergulhar, levantou e nos deixou sozinhos. Puxa, eu não sabia o que ia fazer. Fiquei tentando conversar com ela, mas não tinha assunto, sabe? Roda-presa, não rolava nada. E eu via você na água, furando onda, nadando, queria ir para lá... Pronto, fui! Aí você já vinha saindo, te chamei, falei um pouco, achei que você já estava fugindo de novo. Vi que, se eu queria ficar com você, tinha que marcar sob pressão. Fui saindo da água também, mas olhei para a areia e vi uma cena chocante – a tua prima estava com a

minha camisa na cara, não sei se cheirando, mordendo, o que era. Uma piração. Fiquei supercabreiro. Daí pra frente, foi aquela de horror. Eu não sabia o que ia falar, ela não falava, você ficava falando abobrinha e, de repente, resolveu ir embora. Eu pedi seu telefone, você não deu (tive que arrumar o número depois com o porteiro...). Perguntei onde você morava, quem mostrou o prédio foi ela, e aí ela começou a falar sem parar, compensou pela manhã inteira em que tinha ficado calada, contou que me conhecia de vista, quantos anos tinha, onde morava, que era do meu colégio, que vinha do interior, que ia voltar para casa de férias amanhã – que é hoje –, que acha que mãe deve cuidar dos filhos em vez de trabalhar fora, que não vai fazer faculdade, sei lá, não fechava a boca, falou uma porção de coisas que eu não perguntei nem queria saber.

E depois vocês foram embora. Eu também. Fui pra casa, mas fiquei pensando. Vi que eu tinha ficado sabendo uma porção de coisas da tua prima, mas nada de você. Não, não é verdade, eu sei muitas coisas ótimas de você, todas importantes, as coisas que a gente conversou. Mas só sei seu nome e o prédio onde você mora. E de tarde resolvi que não ia deixar isso ficar assim. Hoje cedo fui à praia no mesmo lugar, só para te encontrar, e você não foi. Então fui ao teu prédio, acabei inventando uma história para o porteiro e ele me deu o número do apartamento e o nome do teu pai – pronto, dava para conseguir o telefone! Aí eu ligo, você atende com uma voz ótima, uma surpresa boa, gostou, não dá para fingir... Mais uma vez, um papo maneiríssimo, demais! Mas não quer me ver, não quer sair, diz para eu não ligar nunca mais, não insistir. Insisto e você desliga! Isso é supermal-educado, sabia? E você não é uma pessoa mal-educada, eu tenho certeza. O que é que está acontecendo? Não quer me ver nunca mais? Você pode até dizer isso, mas sua voz me diz que é mentira, seu jeito de olhar diz que é mentira. Eu sei que é mentira! Eu não estou fazendo nada de mais, estou só querendo te conhecer melhor, bater mais papo. E, claro, também não vou mentir, te achei uma gatinha linda, estou a fim de você, mas não quero te assustar. Só que não combina. Você não parece uma pessoa que se assusta à toa, tenho certeza. Mas está assustada com alguma coisa, e fugindo de mim.

(Pausa)

Bem, agora que eu já disse as coisas assim que eu tenho certeza, vou dizer outras que não sei tão bem. Se a gente estivesse conversando de verdade, não era assim. Eu falava um pouco, você respondia, o papo ia andando devagar e as coisas se esclarecendo. Mas você não quis desse jeito. Então eu tive esta outra ideia, da gravação, para pelo menos você me ouvir. E vou dizer agora o que eu acho, mas não tenho muita certeza. Se for verdade, você confirma. Se não for, me desculpe.

(Nova pausa)

Eu acho que a tua prima tem algum problema e você tem vergonha, por isso não quer me deixar chegar perto. Não se incomode, eu entendo. Lembro dela no colégio, dizem que ela é meio maluca, todo mundo ri dela. Fica pelos cantos olhando para a gente, não responde quando a gente fala, é meio esquisita. Não precisa se envergonhar, gatinha, eu não vou rir dela. Para falar a verdade, nem reparo nela. Eu estou é a fim de você. Me liga, tá? Meu telefone é...

(Pensa que vou te dar, é? Pois sim... / Gabi)

Ou então, atenda quando eu ligar, porque vou insistir.

Pois é. Não liguei.
Mas ele insistiu e eu atendi.
E foi assim que tudo começou.

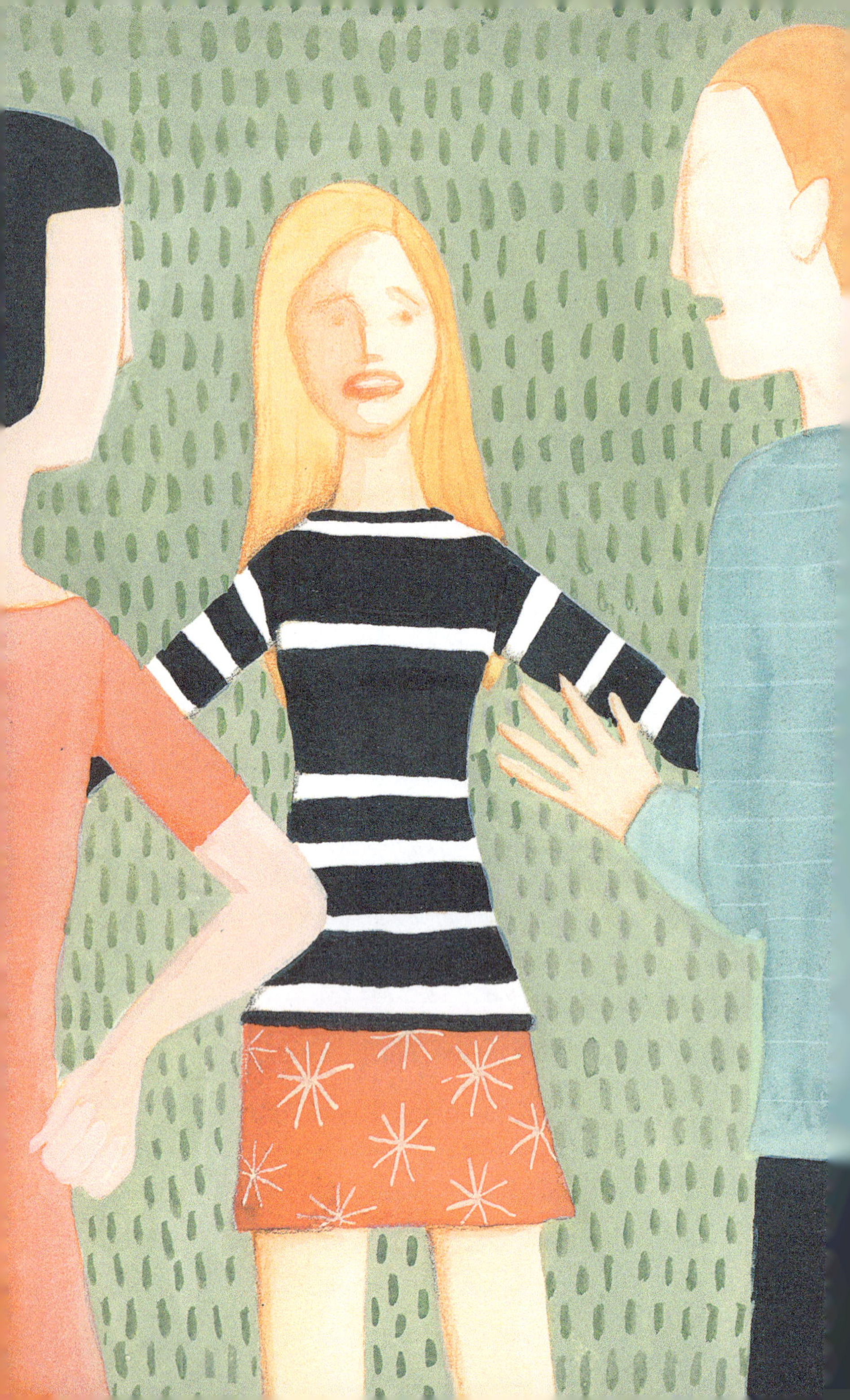

4 Complicações de montão

Parece que foi tão simples, não? Engano seu. Porque, desde que começou, só fez foi ir se complicando cada vez mais. A gente se encontrou, conversou, eu não conseguia ficar natural. Não podia dizer a ele a verdade – "a minha prima é vidrada em você". Era trair a confiança dela. Mas também não podia deixar que ele achasse que ela era pirada. Então, tentava consertar e não conseguia. Ele sabia que eu estava mentindo, mas não sabia por que nem em quê. E eu ficava furiosa comigo mesma. E com ela.

Nem ao menos podia conversar com a Dora, porque a maluca tinha voltado para a fazenda. Mas eu não podia começar a namorar o cara de quem ela gostava (e era justamente isso que estava pintando que ia acontecer) sem nem ao menos conversar. Tipo punhalada pelas costas. Só que estava gostando dele e sabia também que não podia continuar fugindo a vida toda. Nem devia. Só porque ela cismou com ele? Imaginou uma paixão na cabeça dela? Uma coisa que nunca aconteceu de verdade? Se tivesse telefone na fazenda, ainda dava para conversar e explicar... Mas não tinha.

O jeito foi tentar dizer a verdade por escrito. A carta mais difícil que eu já escrevi na minha vida. Acho que, mesmo que um dia eu vire escritora de verdade, nunca vou escrever nada tão difícil. Eu queria ser completamente sincera com ela, minha melhor amiga, minha prima querida. Queria ser carinhosa, que ela não sofresse. Queria explicar que aconteceu de repente, eu não fiz nada para acontecer, ela viu, estava presente. Queria conseguir dizer com jeito que todos aqueles dois anos ela tinha vivido um amor lindo na cabeça dela, mas nunca tinha caído na real. Mas acho que não consegui dizer nada disso. Só contei o que estava acontecendo. Com muito jeito, disse que tinha encontrado o Bruno novamente e estava pintando um clima, mesmo sem eu querer. Fiquei esperando uma resposta dela, que demorou muito. E quando veio, você nem acredita! Até copio o pedaço que interessa:

Não sei por que você está dando tanta importância a essa história do Bruno. É verdade que eu achava ele lindo, mas nunca passou disso. Pura criancice. Uma distração para passar o tempo no colégio.

Aliás, por falar em colégio, tenho uma novidade. Conversei com Mãe e Pai e eles concordaram: não vou voltar para fazer o segundo grau aí. Realmente, não tem necessidade, eu não vou mesmo fazer faculdade depois. Ficando aqui, posso ajudar Mãe um pouco com os irmãos menores. Há sempre tanto trabalho, dentro e fora de casa! Os maiores, que nem Niltinho, ajudam Pai. No campo, tem tanta coisa que eles nem dão conta. E o Luís, amigo do Niltinho, tem vindo sempre dar uma mão.

Deu uma mão, acabou pedindo a mão. Seis meses depois, o Luís e a Dora ficaram noivos, pode? Fiquei chocada! Um cara que nem terminou os estudos! E ela é uma criança... Quer dizer, meu tio Henrique disse que eles têm que esperar um tempo, não vão casar já, só daqui a uns dois anos, mas, de qualquer jeito, eu acho um absurdo! Como é que deixam uma menina de quinze anos, com a vida inteira pela frente, se amarrar a um ignorante? Mamãe disse que ele não é ignorante, sabe muitas outras coisas que não estão nos livros e não se aprendem no colégio, mas eu acho que ela está só protegendo o irmão. Se o cara quer ser fazendeiro, tudo bem, mas pode estudar veterinária, agronomia, administração, qualquer coisa... Só porque o pai dele tem terra e gado, não precisa? Não me conformo. Acho uma irresponsabilidade alguém se jogar numa dessas, estragar a vida dessa maneira. Porque não pode dar certo. Será que ninguém vê? Ainda mais um pai tão durão feito o tio Henrique, acho que o que ele quer é se livrar da filha. E tenho certeza de que eles só deixam porque o cara é amigo do Niltinho, que é escandalosamente o filho preferido daquela família. Enfim, não tenho nada com isso. E, para mim, foi até melhor, assim ela deixava o Bruno em paz. Mas é que gosto da Dora e me preocupa saber que ela está sendo panaca, mais uma vez. Uma menina inteligente, que podia crescer tanto na vida... Pior ainda, no fundo, no fundo, tenho uma pontinha de remorso: ninguém me tira da cabeça que ela se jogou nessa maluquice quando viu que o Bruno estava a fim de mim. Mas eu não tenho culpa.

Reli esse parágrafo enorme aí em cima e fiquei na dúvida. Talvez ele devesse ser todo escrito entre parênteses. Porque ele é um comentário meu, que só posso fazer agora, mais de um ano e meio depois, quando estou escrevendo. Na hora em que recebi a carta da Dora, quase três meses depois da minha, não dava para saber que eles iam ficar noivos. E eu estou escrevendo tudo meio como se fosse na hora em que estava acontecendo. Esses tempos às vezes ficam meio complicados quando a gente quer contar uma coisa em ordem.

Por isso é bom esclarecer. Porque foi mesmo o fim de um tempo, uma espécie de fim de uma etapa. Como quando fecham uma cortina num teatro. Outro ato.

Recapitulando: logo que eu comecei a sair com Bruno, escrevi para Dora. Ela levou mais de três meses para responder, só me escreveu quando as aulas já iam começar de novo e eu até já sabia que ela não ia voltar para o colégio, porque tia Carmem já tinha dito. E esse silêncio da Dora não foi só comigo, foi com todo mundo. Por isso, aconteceu o seguinte: ela tinha contado a Deus e o mundo que gostava do Bruno, mas não contou a ninguém que já tinha passado e que descobriu que aquilo era "pura criancice".

Foi por isso que teve tanta complicação.

A primeira começou logo de cara. Na primeira vez em que meu pai ouviu o Tiago me chamar:

– Gabi! Telefone! É o Bruno!

Me olhou com uma cara, que eu logo vi que ia dar rolo. Nem demorei no telefone, para não complicar. E depois que desliguei, quando ia passando direto para o meu quarto, na esperança dele não reparar, meu pai abaixou o jornal e perguntou:

– Gabriela, quem é esse Bruno?

Pronto, chamou de Gabriela, já sei que vem chumbo grosso.

– Um cara que eu conheci na praia. Faz surfe com a turma do Pontão. Quer conhecer?

Tentei responder do jeito mais natural. Mas não enganei. Meu pai foi direto ao assunto:

– Não é o namorado de sua prima, é?

– Claro que não! – respondi, sem mentir.

– Ah, porque como tem o mesmo nome, até levei um susto. Podia ser a mesma pessoa.

Aí não dava mais para continuar fingindo. Já falei que não gosto de mentira. Ainda mais naquela coisa tão linda que estava acontecendo comigo e com o Bruno. Respirei fundo e corrigi:

– É a mesma pessoa, pai. Só que não é, nem nunca foi, namorado da Dora.

– Mas você sabe como ela gosta dele. Não devia ficar de conversa com ele desse jeito. Não está certo. Essas coisas são muito delicadas.

– Ih, pai! Não seja antigo! – exclamei.

Fui para o meu quarto. Dessa vez, passou. Mas não por muito tempo. Afinal, Bruno me ligava sempre. E toda hora tinha recado dele. Da próxima vez, o papo foi com minha mãe:

– Gabi, esse menino, o Bruno...

– O que é que tem?

– Não é aquele em que a Dora vive falando?

– É. E daí?

– Você sabe que eu não gosto de me meter e ficar dando palpite, e sempre respeito muito as suas escolhas...

Depois de uma introdução dessas, dava para sacar que vinha um "mas"...

– Mas acontece que não acho legal.

– Como é que você pode não achar legal? Você nem conhece ele...

– Minha filha, você não entendeu. Eu não tenho nada contra o Bruno. Tenho é contra a situação.

Ai, minha Santa Periquita! Haja paciência com esses papos...

– Que situação, posso saber?

– Não se faça de boba. Você sabe perfeitamente, tão bem quanto eu. A Dora é apaixonada por esse menino, há um tempão. Levaram pelo menos dois anos nisso, que pode ser apenas um namorinho de colégio mas para ela é importante, e, mal sua prima vira as costas, você...

– Namorinho de colégio? – interrompi. – Mamãe, não exagere, nunca teve namoro nenhum. Ele nunca falou com ela...

– Quem está exagerando é você. Bem que seu pai tem motivos para ficar preocupado. Você não lembra – ou resolveu não lembrar, porque não quer – do relacionamento entre eles, esquece que eles dançaram juntos na quadrilha, que ele escolheu sua prima para datilografar aquele relatório da gincana, explicou bem como queria, foi para ele que ela fez um serviço tão cuidadoso. Você esquece também que...

– Mãe, não é nada disso! – interrompi de novo. – Você está torcendo tudo... Nada disso é verdade!

Aí ela ficou zangada.

– Espero que você não esteja me chamando de mentirosa, Gabriela...

Suspirei. Ela foi em frente.

– Ou insinuando que sua prima é mentirosa. Todos nós ouvimos incansavelmente essas histórias e mais uma porção de outras, meses a fio... todos sabemos da importância que o Bruno tem para a Dora. Inclusive você, que devia saber melhor do que ninguém.

– Exatamente, eu sei. Eu sei que a Dora inventava umas coisas na cabeça dela e ele nem sabia...

— Minha filha, é mais grave do que eu pensava. Esse rapaz está fazendo a sua cabeça e jogando você contra sua própria prima. Não são coisas muito a favor dele. Seu pai anda querendo tomar providências enérgicas sobre esse assunto e eu fico te defendendo, botando panos quentes... Mas não sei se devo continuar. Porque ele está certo, Gabi. Esse menino não serve para você.

O papo parou aí porque o telefone tocou e eu aproveitei para escapulir. Mas ainda ouvi o começo do que minha mãe dizia:

— Oi, Carmem, tudo bem. Não, não estou zangada, é só que você me pegou no meio de uma conversa meio difícil com a Gabi. Imagine só, sabe o Bruno? É... esse mesmo, o Bruno da Dora...

Saí da sala, batendo a porta. O Bruno da Dora! Era só o que faltava!

Mas depois disso, dava para imaginar a etapa seguinte. Claro, tia Carmem! A tia que eu admiro, com quem adoro conversar... Meu ídolo em pessoa! Ia jantar lá em casa um dia, chegou muito mais cedo, numa hora suspeita, em que sabia perfeitamente que meus pais ainda não tinham chegado do trabalho. Tenho certeza de que mamãe tinha pedido a ela para conversar comigo, só porque sabe que eu acho tia Carmem o máximo. Bom, pelo menos quando ela puxou o assunto, eu perguntei e ela não negou:

— Foi, Gabi, sua mãe falou comigo, e eu me ofereci para tentar esclarecer as coisas. Às vezes é muito difícil a gente se abrir completamente com a mãe, mesmo sendo uma pessoa como a Lola, e vocês se dando tão bem.

— Você se ofereceu ou ela pediu?

— Fui eu que quis falar, mas ela disse que ia mesmo me pedir... Ela está preocupada, quer resolver isso antes que seu pai intervenha de forma mais séria.

— E por que todo mundo tem que se meter, posso saber? — perguntei, irritada.

— Porque nós gostamos de você, gostamos da Dora, e não queremos que vocês se machuquem, é por isso.

— Eu também não quero machucar a Dora, nem me machucar.

— Então por que insiste?

— Insiste em quê?

— Em continuar saindo com o Bruno, claro!

— Tia Carmem, posso explicar? Eu estou saindo com o Bruno porque a gente curte estar juntos. E somos duas pessoas responsáveis, não estamos fazendo nada de mais.

— Está certo, entendo, não estou chamando ninguém de irresponsável, foi você que usou a palavra. Mas... Por que será, Gabi? Vamos pensar juntas? Será que, no fundo, você não acha justamente que vocês dois têm alguma responsabilidade no que está acontecendo? Vocês, afinal, são responsáveis perante sua prima, têm que responder diante dela pelo que estão fazendo, é isso que "responsável" significa...

Puxa, eu nunca tinha pensado que "resposta" e "responsável" tinham a ver... Tia Carmem tem sempre um jeito diferente de olhar as coisas. Mas não caí na conversa, era canoa furada.

— Quem tem que responder é ela... Eu já escrevi, contei, ela não se manifestou.

— Por que será? Será que não é muito difícil para ela? Será que não está se sentindo desprezada, traída, rejeitada? E sofrendo... Será que esse rapaz vale isso? Vale a perda de uma grande amizade? Ponha-se no lugar da Dora, Gabi... Você gostaria que isso acontecesse com você? Apaixonar-se por um rapaz, levar um tempão tentando uma aproximação, confiar em alguém a ponto de contar todos os segredos durante todo esse tempo e quando, finalmente, consegue ir à praia com ele e conversar normalmente, iniciando uma relação, apresentar o rapaz justamente a esse alguém, a essa amiga e confidente... e na semana seguinte, assim que você viaja, ela estar namorando o rapaz? Francamente, Gabi, você me desapontou...

Os "vocês" e "ela" podiam estar meio enrolados na conversa da tia Carmem, mas o que ela estava pensando era claríssimo e me deixou revoltada. Era a maior injustiça comigo.

– Não é nada disso! É mentira! Fui eu quem apresentou os dois! – exclamei quase chorando. – Vocês todos estão contra mim! Eu não fiz nada disso que você está dizendo... É mentira! Vocês todos estão mentindo! Era mentira da Dora!

– Gabi, não é possível que você ache que eu vou engolir essa. Dora e Bruno são do mesmo colégio, já se falaram uma porção de vezes, você o viu pela primeira vez na praia com ela aquele dia. Eu sei, ela chegou em casa radiante, contando, toda animada, eu quase sugeri que ela adiasse a volta para a fazenda por uma semana, mas fiquei com medo de depois não ter passagem. Eu não sei o que está acontecendo com você, Gabi, estou te estranhando. Você não é assim. Começo a entender melhor a preocupação de seus pais. Esse rapaz está exercendo uma influência muito negativa sobre você.

Sabe de uma coisa? Não vou ficar puxando pela memória para repetir esses diálogos todos. Já deu para mostrar o tom da música... E chega!

Começou um período pesadíssimo. Ou pesadérrimo. De chumbo mesmo. Ninguém me deixava em paz. Os argumentos eram todos filosóficos e psicológicos, sabe?, tipo "é uma falha grave de caráter..." e "não é um comportamento ético". Coisas do gênero. Toda hora um deles falava alguma coisa, dava uma alfinetadinha. De repente. Da noite para o dia, eu comecei a ser tratada como "a adolescente-problema", a cruz da vida deles. A única pessoa que não encarnava em mim lá em casa era o Tiago, meu irmão, mas ele é pequeno, não dá para eu ficar me abrindo com ele. Virei rebelde, respondona, malcriada. Além de irresponsável, traidora e todas as outras coisas que eles não diziam abertamente, mas aqueles papos revelavam que estavam pensando. E o pior é que, para não ser mesmo traidora, não trair a confiança da Dora e não entregar a paixão da minha prima pelo Bruno, eu não contava a ele o que estava acontecendo. Ia encontrar com ele de mau humor, irritada com o pessoal lá de casa, meio tensa, desconfiada. Não queria que ele me ligasse quando meus pais estavam em casa, para não ter novas brigas. Foi ficando muito difícil.

O que salvava é que era ótimo estar com ele. Tudo. Uma gracinha de pessoa. Gostoso, cheiroso, morninho, macio, carinhoso. Interessante, interessado em montes de coisas. Aquilo que eu escrevi há pouco, de "pesadíssimo ou pesadérrimo", aprendi com ele. Eu dizia "superpesado". Aí ele me falou num livro que estava lendo, lá do século XIX, que tinha um cara que só falava com superlativos. E a gente ficou brincando disso. Ele me chamou de gatíssima, gatésima e gatérrima. A gente riu muito. Ficou sendo uma brincadeira nossa, falar em superlativos de brincadeira. Que nem o tal do José Dias, o personagem, falava a sério. E ele me emprestou o livro para ler.

Foi por isso que acabou mudando tudo. Para pior ainda. Eu estava no sofá da sala mergulhada na leitura, quando papai passou e perguntou o que eu estava lendo. Respondi:

— *Dom Casmurro*, de Machado de Assis.

— Tarefa de férias?

— Não, curtição mesmo. A linguagem é meio difícil, mas a gente acostuma. Estou adorando. Melhor que qualquer novela.

Ele ficou satisfeitíssimo. Sentou perto de mim e batemos um papo como há muito tempo não acontecia. Falou na Capitu, disse que era uma das personagens prediletas dele, um monte de coisas. Depois começou a falar sobre o Rio de Janeiro no tempo do Machado de Assis, antes dos aterros, com paisagens diferentes. Meu pai é arquiteto e carioca, morou no Rio até acabar a faculdade, e sabe um monte de coisas sobre cidades. Coisas muito interessantes. Interessantíssimas, como diria o José Dias.

Tão interessantes que acabei tendo uma ideia que me pareceu ótima. Se o *Dom Casmurro* era um dos livros preferidos do meu pai, como eu estava vendo, e se era um livro que o Bruno adorava, por que é que eu não apresentava os dois? Eles iam descobrir uma porção de coisas em comum, ficar amigos... Resolvia a situação.

Era uma excelente ideia. Agora, era só armar para que o encontro parecesse por acaso.

E foi assim que, daí a alguns dias, quando meu pai chegou do trabalho, eu estava com Bruno em frente ao meu prédio. A gente tinha dado uma volta pela beira da praia, tomado um sorvete e sentamos num banco ali perto até eu ver o carro do meu pai entrando na garagem. Aí comecei a me preparar para entrar e nos aproximamos da portaria. Quando estávamos nos despedindo, meu pai chegou andando. Eu ia apresentar os dois, mas não consegui me desgrudar do Bruno – acho que a brisa do mar tinha embaraçado meu cabelo, que ficou preso no botão da camisa dele. Uma cena ridícula e desastrada. Desastradíssima. Catastrófica. Meu pai perguntava:

— Gabi, o que é isso? O que está acontecendo?
Bruno tentava ser amável:
— Ah, o senhor é o pai dela? Muito prazer. Meu nome é Bruno.
Eu só gritava:
— Ai! Ai!
Um pouco pelo cabelo puxado, que doía. Outro tanto pelo desastre, porque papai já perguntava:
— Que Bruno? O Bruno da Dora? Mas é muita cara-de-pau!
E, antes de qualquer resposta, virou-se para mim:
— Eu já não lhe disse que não queria que você tornasse a encontrar esse rapaz? Suba imediatamente, Gabriela!
E eu lá, tentando desprender o nó do cabelo enrolado no botão, tentando esclarecer as coisas, tentando acalmar meu pai, explicar ao Bruno... Não adiantou nada. Consegui me soltar com um puxão que arrancou o botão. Comecei a falar.
— Papai, não é nada disso...

— Não discuta comigo, Gabriela. Suba, que eu já disse. Depois conversamos.

Abriu a porta do elevador, tocou o botão do nosso andar e praticamente me empurrou lá para dentro. E enquanto eu começava a subir, ainda ouvi a voz dele dizendo ao Bruno:

— Quanto ao senhor, rapazinho, é bom saber de uma vez por todas que...

Não ouvi o resto, mas imagino. E depois Bruno me contou. Mas também poupo os detalhes. Não interessa repetir tudo, não vem ao caso. Para encurtar a história, só interessa saber que fiquei definitivamente proibida de me encontrar com o Bruno, ligar para ele, atender a telefonema dele, falar com ele, e tudo mais que meu pai conseguiu imaginar. Aquele tipo de ordem que não admite maiores conversas e termina assim:

— E não adianta chiar! É para o seu próprio bem. Um dia você ainda vai me agradecer. E não se fala mais nesse assunto, estamos conversados! E se eu souber que você me desobedeceu, não quero estar na sua pele!

O que é que eu podia fazer?

Me tranquei no quarto, não saí nem para jantar. Ouvi Bruno telefonar algumas vezes, mas não me chamaram. No dia seguinte, Tiago contou que papai tinha proibido. E depois meu pai acabou dando uma bronca nele também. Encharquei o travesseiro de lágrimas e acabei dormindo exausta, de tanto soluçar.

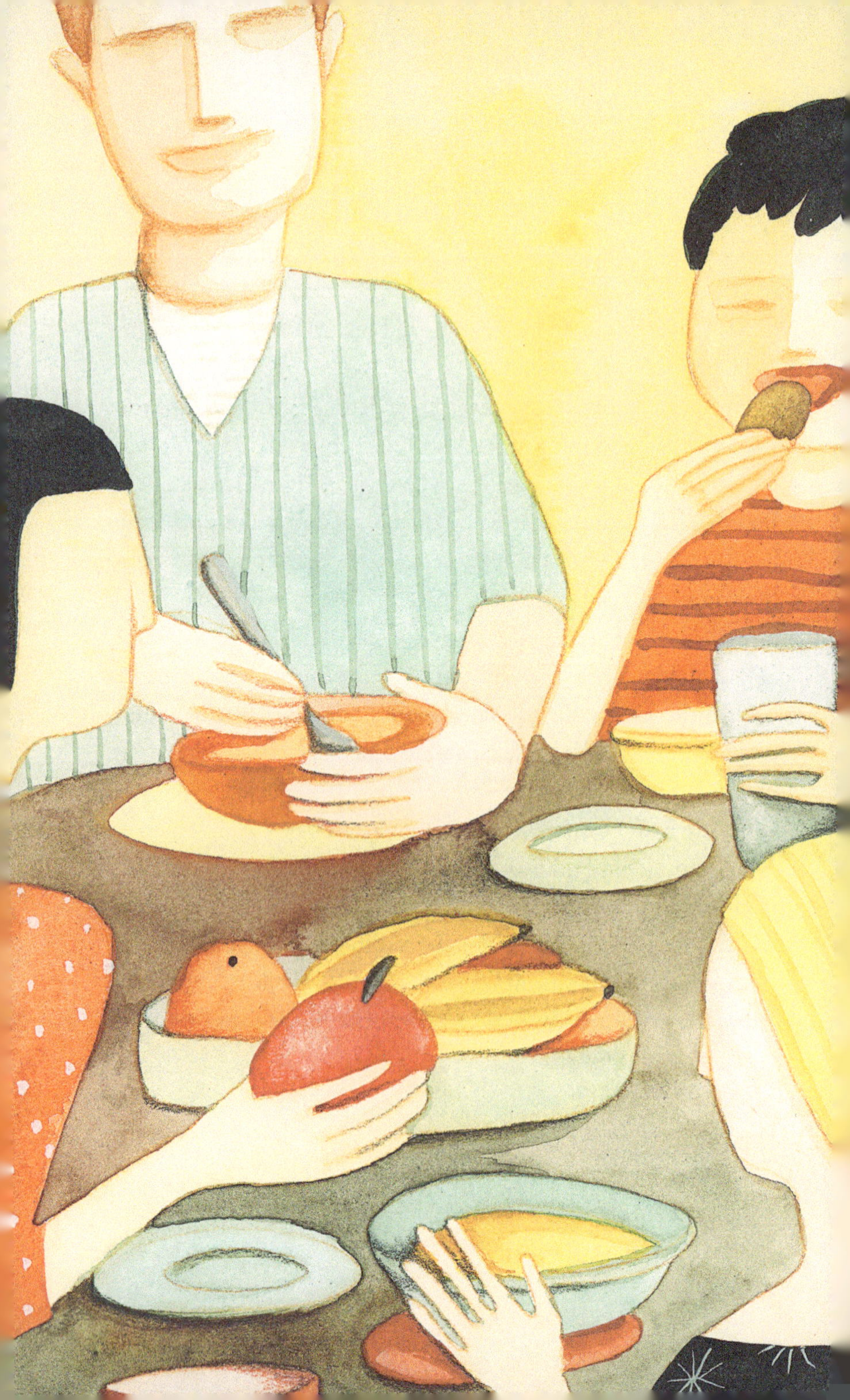

5 *Inventando um jeito*

No dia seguinte, quando acordei, pensei em ficar de novo trancada chorando. Mas estava morrendo de fome. E precisava tentar ser inteligente. Por exemplo, fazendo de conta que não tinha dado muita importância àquela cena toda, enquanto pensava o que ia fazer em seguida e sondava a situação.

Na mesa do café, meus pais não ficaram falando no assunto. Parecia que eles mesmos acharam que era um exagero, ou tinham resolvido dar um tempo. Pelo menos, era um alívio. Mas também dava para sentir que era falso. Estava todo mundo fingindo. Principalmente minha mãe, louca para botar panos quentes em tudo e não deixar um clima de briga ir adiante. Mas eu não estava muito para sorrisos. Só conseguia ficar quieta. E ela se esforçava:

– Quer geleia, meu bem?

Não respondi, mas Tiago esticou o braço e passou tanta geleia no pão que não tinha nem como segurar. Ela riu. Quem visse até achava que era uma família feliz. Tomando café e ouvindo rádio.

Logo depois do noticiário, tocou uma música em inglês que ela cantarolou junto:

– *No, no, they can't take that away from me...*

Meu pai comentou:

– Esse tema é mesmo lindo. O tempo passa e cada vez a gente descobre uma coisa nova nele.

Já deviam ter enjoado. Eles têm umas três gravações diferentes dessa música, quando ficam ouvindo *jazz* sempre tocam... Mas acho que era falta de assunto. E ficaram falando, comentando as belezas da melodia, do arranjo, sei lá mais o quê, naquele papo-furado sem fim. Eu, na minha. Quieta. Só comendo.

De repente, me toquei. Era como se aquela música fosse um recado para mim. O que ela estava dizendo era comigo. Não sou nenhuma fera em matemática nem ciências, mas língua é comigo mesmo. E meu inglês dá perfeitamente para entender o que mamãe estava cantando:

"Não, não, eles não podem tirar isso de mim..."

Não podem mesmo! Pronto, resolvi! Não sabia como, mas já sabia o quê.

Fiquei mais animada.

Depois do café, papai saiu e mamãe ainda foi se arrumar, porque ela pega mais tarde no trabalho. Pensei que ela ia conversar, aliviar a barra. Mas não. Fingiu que não tinha acontecido nada. Fiz o mesmo. E depois que ela também saiu, me concentrei em pensar e analisar a situação.

A noite toda, eu só tinha pensado nas coisas negativas. Tentei descobrir as positivas. Difícil, mas acabei achando. Primeira, agora as coisas estavam claras para mim e eu não ia mais bancar a boba: não adiantava tentar explicar nada, porque eles todos já tinham uma ideia formada e não estavam dispostos a me ouvir. Segunda (e essa era ótima!), o Bruno tinha ficado sabendo da Dora sem eu ter que contar; agora era só eu dar os detalhes e não ia precisar mais ficar escondendo nada dele. Terceira, qual seria mesmo? Não achei...

De qualquer modo, com essas duas, tratei de me organizar mentalmente para uma nova fase da minha vida. Eu estava gostando do Bruno, ele estava gostando de mim, nós não estávamos fazendo nada errado. Isso ninguém ia me tirar. Pela primeira vez na minha vida, não estava dando para confiar inteiramente nos meus pais, contar tudo a eles, ter todo o apoio, todas aquelas coisas com que eu sempre fui acostumada. Mas isso não era motivo para chorar. Acho que deve acontecer com todo mundo. Tem uma hora em que a gente cresce e começa a resolver as coisas sozinha. Tenho certeza de que meu pai e minha mãe fazem um monte de coisas que não contam para os meus avós, ou até coisas de que meus avós não gostam e não aprovam. Mesmo tia Carmem, por exemplo, não fuma na frente de vovó até hoje. Uma hora a gente tem que começar. Tinha chegado minha hora.

Precisava era ter cuidado. Papai tinha avisado que, se soubesse que eu tinha desobedecido, ia acontecer não sei o quê... Então, eu não podia deixar que ele soubesse. Nem ninguém que pudesse contar para ele.

Telefonei para o Bruno, fomos nos encontrar na praia. Contei tudo. Da Dora, dos papos todos lá em casa, das coisas que eu tinha resolvido. Expliquei que agora a gente só podia se encontrar escondido, muitas vezes no meio da turma toda, para disfarçar. Que ele não podia mais me telefonar, tinha que esperar eu ligar para ele. Que não podia me levar em casa, nem me esperar na portaria. Ele ficou meio preocupado, no começo. Disse que essa história de namoro escondido é ridícula. E antiga. Falou que minha prima era mesmo maluca, que era bom a gente ter muito cuidado porque meus pais podiam complicar ainda mais as coisas, que meu pai é muito impulsivo e autoritário; sei lá, acho que o Bruno tinha mesmo ficado muito assustado com meu pai. Mas, em compensação, era tão bom saber que a gente não estava mais escondendo nada um do outro... Acho que foi a primeira vez em que nós dois nos sentimos inteiramente à vontade mesmo, falando tudo que vinha na cabeça. E isso era ótimo! Maravilhosérrimo! No fim, ele disse:

— Tudo bem, Gabi, o problema maior é seu, afinal é a sua família, você é que mora com eles, sabe como a barra pesa... Tudo o que eu quero, gatinha, é continuar te vendo numa boa... Depois, sabe, com o tempo as coisas mudam. Quem sabe se de repente a gente pode contar para eles?

Com o tempo as coisas mudaram mesmo. A gente inventou um jeito de namorar escondido que durou as férias todas. Mas quando as aulas começaram e Dora não voltou, aliviou um pouco. Mostrei para minha mãe a carta que recebi, falando que o Bruno era "pura criancice". Ela não fez comentários, eu também não. Mas fiquei com mais esperanças. Um dia, comentei:

— Sabe o Bruno?

Meu pai perguntou:

– O Bruno da Dora?

Minha mãe esclareceu:

– O Bruno ex-da Dora... O que é que tem ele?

Contei, como quem não quer nada:

– Ele estava ontem na festa da Bia. É que ele joga basquete no mesmo clube que o irmão dela...

Não fizeram nenhum comentário. Fui em frente:

– E eu conversei um pouco com ele...

Sem comentários. Não insisti. Outro dia falei mais alguma coisinha assim, bem de passagem. Muito aos poucos, fui deixando que eles percebessem que agora o Bruno estava andando na mesma turma de amigos com quem eu saía sempre. Mas eu não contei para ser honesta. Era lindo se fosse, né? Mas não vou mentir para mim mesma. Contei só por esperteza, para que, se algum dia eles descobrissem, eu pudesse me defender. Contar tudo? Nunca mais... Não me entendiam mesmo...

Depois, um dia, houve a grande surpresa da notícia do noivado da Dora. Fiquei horrorizada, já disse. Mas eles não acharam nada de mais. Ou, se acharam, não disseram. Aproveitei a oportunidade e levantei o assunto:

– Viram só como ela não namorava o Bruno?

Meu pai me olhou com uma cara tão esquisita que eu nem quis insistir. Era melhor deixar para depois. Continuava tão bom com o Bruno... Para que mudar? E continuamos nos escondendo...

Já tinha meses disso, quando aconteceu outra mudança. A gente havia conversado várias vezes que tinha vontade de ir estudar fora, fazer intercâmbio, mas era tão difícil, tão caro... Assim uma espécie de sonho impossível, feito ganhar na loto.

Mas aí o pai do Bruno resolveu apelar para a família dele na Itália e acabou conseguindo montar um esquema. Conversou no colégio, chegaram a um acordo. E ficou resolvido: o Bruno ia terminar o curso um pouco antes dos outros, para não se atrasar muito no ano letivo europeu, que começa em setembro. E ia seguir direto para a casa de um tio em Roma, que ia fazer a matrícula dele numa escola lá. Quer dizer, em vez de fazer logo o vestibular e entrar para a faculdade, ele perdia um ano, só fazia depois. Mas aprendia italiano, morava em Roma, passava uns meses tendo uma outra experiência. E realizava o sonho maravilhoso de viajar pelo exterior.

Sozinho.

E eu ficava aqui, do outro lado do mar, morrendo de saudade, esperando o carteiro todo dia.

Sozinha.

6 Com um oceano pelo meio

Nos meses que se seguiram, aconteceu de tudo. Principalmente, um monte de cartas. Mais minhas do que dele, mas isso é natural, eu adoro mesmo escrever, não é vantagem nenhuma. Bruno lê tanto quanto eu – e isso é uma das coisas que eu amo nele, sempre tem mil assuntos diferentes e interessantes, não é como uns carinhas que eu conheço que até parece que só têm botão de *replay* e pausa –, mas para escrever é meio preguiçoso. Em compensação, quando escreve, ah, que delícia!, é como se estivesse falando. Dava a maior saudade, todo o jeito divertido dele, só faltava ouvir a voz.

E, aliás, no meu aniversário, deu para ouvir, porque ele ligou, foi demais! Já imaginou? Receber um telefonema da Itália? Me senti importantíssima.

Quando minha mãe me chamou, dizendo que era ele, quase perdi a fala. Foi a maior surpresa! Mesmo com a família toda em volta prestando atenção, e eu sem poder falar à vontade, foi ótimo.

Quando desliguei, meu pai ia perguntando:
— Gabi, esse Bruno é o Bruno...
— Ex-da Dora! — confirmei, rapidamente.
— Da Itália? Não foi isso que sua mãe disse?
— Ué, ele está estudando lá, há um tempão, você não sabia? — ajudou minha mãe. — Pensei que eu tinha contado...

Ele só olhou para ela, mas não disse nada.

— Ligou para dar os parabéns — disse eu, esclarecendo o óbvio. — Está em Roma, na casa de um tio. Vai ficar ainda um tempão.
— Em Roma? — repetiu minha mãe. — Pensei que era Florença...
— Roma — confirmei automaticamente, enquanto umas luzes vermelhas se acendiam dentro de minha cabeça, num sinal de alarme, a me dizer que alguma coisa estava errada.
— Volta quando? — perguntou meu pai.

Eu já ia esticando o prazo e respondendo com um vago "lá para o fim do ano", quando ela respondeu:
— Naturalmente, só em junho ou julho, quando começarem as férias das escolas de lá.

Disfarcei, mas fiquei pensando. Eu tinha resolvido aproveitar que minha mãe fica sempre escondendo do meu pai as coisas que podem deixar ele zangado ou reclamando, e estava vendo se aos poucos conseguia fazer com que ela ficasse sendo minha aliada. Por isso, estava num processo de ir de vez em quando contando coisas a ela — mas informações controladas, para testar. Tinha contado da viagem do Bruno e falado da família em Roma. E só. Não falei que a gente tinha continuado a sair depois que papai proibiu, nem que estava namorando (se é que o nome dessa coisa de longe, desse jeito, podia ser namoro). Mas ele tinha passado quase um mês no Natal com uns primos em Florença – e isso eu não contei, nem disse que ele tinha vindo de novo para Roma na semana passada. Também não falei nada da data da volta dele para o Brasil. Como é que ela sabia? Só por dedução, "naturalmente"? O que mais ela sabia? E por que deixou escapar? Pelo jeito, para me ajudar a falar no assunto com meu pai. Mas ficou nervosa e falou demais. Como é que ela podia saber? Por algum encontro ou conversa de tia Carmem e a mãe dele? Nesse caso, por que não me disse? Difícil... Pouco provável...

Quando me peguei sozinha com ela, joguei um verde e perguntei se as duas tinham se encontrado. Ela confirmou tão rapidamente, e tão sem me olhar nos olhos, que, quanto mais ela dizia que era isso mesmo, mais eu sabia que não era.

Pensei, pensei, cheguei à conclusão de que era pelo carimbo nos envelopes das cartas. Só que eu tinha combinado com o porteiro para ele nunca entregar nem mostrar aquelas cartas a ninguém, a não ser a mim, porque eu não queria que ninguém soubesse que o Bruno me escrevia, para evitar problemas. Geralmente eu chegava do colégio numa hora em que não tinha ninguém em casa, e quem recebia a correspondência era eu. Mas ela estava sabendo. Será que alguma vez tinha passado pela portaria e visto alguma carta? Uma só? Ou mais de uma? Será que sabia que ele me escrevia sempre? (Mesmo sendo menos do que eu, era sempre.) Mas como? Nesse caso, já devia ter desconfiado de alguma coisa, mas não falou abertamente, a fingida... E estava mentindo para mim... Não ia engolir mais aquela história de que nós tínhamos apenas uma vaga amizade. Eu precisava ter cuidado.

Ou então, será? Impossível! Me recusava a acreditar! Minha mãe não faria uma coisa dessas! Era preciso ser muito falsa! Mas será que ela estava lendo minhas cartas, que eu guardava muito bem escondidas no fundo da gaveta?

Fiquei uns dois dias remoendo esse pensamento, não podia admitir. Mas eu tinha que saber, tinha. Acabei planejando uma armadilha.

Eu deixava as cartas todas bem debaixo dos meus agasalhos, na gaveta de roupa de inverno, onde raramente alguém mexia, porque não precisava ficar toda hora guardando roupa lavada, essas coisas. E os envelopes ficavam amarrados com uma fitinha cor-de-rosa. Então fiz uma coisa. Peguei um fio do meu cabelo, que é muito claro e fino e quase não dá para perceber, e enrolei de um jeito especial em volta do laço. Se alguém mexesse, mudava de posição e eu ia saber.

Fazia isso e me sentia mal, péssima, fazendo coisas escondido e preparando uma arapuca para minha própria mãe cair. Mas, e ela? Não estava também me traindo? Me espionando? Mentindo? Invadindo minha vida? Lendo cartas que eram minhas e muito minhas, só minhas e de mais ninguém? As coisas lindas que Bruno escrevia eram só para mim, como se fossem um segredo no meu ouvido. Ninguém mais precisava saber. E os problemas que a gente estava tendo – que não eram poucos, já falo neles – também eram só nossos, não eram da conta de ninguém. Nem de mãe. A não ser que eu quisesse contar. Mas nunca, nunquíssima, nunquérrima ela tinha o direito de ir xeretar as cartas que eu recebia.

E era isso mesmo que ela estava fazendo, sem nenhuma dúvida. Tive certeza, daí a alguns dias, quando fui olhar na gaveta e vi que até o laço era outro, todo certinho, não era torto como o meu, que sempre fica meio magrelo e com uma ponta mais comprida que a outra. Não precisava ter impressões digitais para eu saber que era ela.

Fiquei furiosa. Furiosíssima, furiosérrima, furiosésima, furiosélima, superfuriosa, todos os superlativos que o José Dias nem conseguiu inventar. Tive vontade de sair gritando, de jogar coisas pela casa. Mas segurei firme. E fiquei pensando, até a hora em que ela voltou do trabalho. A essa hora, eu já tinha resolvido. Primeiro, ia dar uma chance dela se explicar. Depois, ia dizer que não admitia isso e não queria que ela fizesse nunca mais. E aí a gente via que bicho dava.

Pensando bem, era uma maluquice, tudo trocado. Eu é que sou a filha. Essa história de dar bronca, ouvir explicações e exigir que não faça mais, esse ritual todo, devia ser ao contrário. Papo de mãe com filha, não de filha cobrar da mãe por estar fazendo uma coisa escondido. Mas quem cobrou fui eu.

Foi muito, muito ruim. Acho que a maior decepção da minha vida. Acho que só me senti assim quando eu era criança e descobri que Papai Noel não existe – e mesmo assim, foi bem diferente. Naquela hora, todo mundo me consolou. E agora eu estava sozinha tendo que encarar a situação. Porque o duro mesmo foi descobrir minha mãe mentindo. E, se ela mente, com quem é que eu posso contar?

Quando falei com ela, a fingida começou negando. Não sabia de carta nenhuma, nunca tinha mexido em minha gaveta, não tinha a menor ideia do que eu estava falando. Eu estava me sentindo bem? Não estava com febre?

Quando insisti, ela se zangou. Não admitia que eu fizesse essas insinuações. Nem que me dirigisse a ela nesses termos. Nem que eu...

– Mãe – interrompi –, não adianta negar. Eu tenho provas.

– Provas? – repetiu. – Do que é que você está falando?

Tive que explicar todo o vexame da armadilha, do laço, do fio de cabelo. Aí ela mudou.

– Está bem, não adianta negar. Você já sabe mesmo. Mas eu tinha que fazer isso, para o seu próprio bem.

– Para o meu bem? Não acha melhor deixar que eu mesma me defenda?

– Gabi, eu sou sua mãe. E você ainda é muito menina, o mundo é muito mais complicado do que você imagina.

A esta altura, eu chorava, ela estava quase chorando. Cena ridícula.

— É mesmo, estou vendo. Complicadérrimo. Até mãe mente para filha, espiona tudo e ainda nega. Que coisa feia, dona Lola... Você não tinha esse direito, sabe? Ou acha que tem todos? Que a única pessoa que não tem direito nesta casa sou eu? O que mais que você fez? Ficou ouvindo minhas conversas na extensão do telefone? Interrogou minhas amigas? Contratou detetive para me seguir? Ou encarregou o Tiago mesmo de ficar me vigiando?

— Gabi, não exagere... Um dia eu vi um envelope na mesa do porteiro e desconfiei. Insinuei alguma coisa para você, de leve, e você negou. Percebi que a minha filha estava com uma vida escondida, que eu não sabia de nada, e você estava determinada a não me dizer. Eu tinha que saber, querida. Para te proteger. O mundo hoje em dia anda tão perigoso, cheio de drogas, violência... A gente fica meio perdida, preocupada com a filha, sem saber o que fazer. Um dia você vai ser mãe, vai entender o que eu estou dizendo. Mas está certo, você tem toda razão, eu não devia ter feito isso, não tinha esse direito.

— É... Uma história bonitinha e comovedora, cheia de amor materno. Mas não me convence, ouviu? Porque, se você leu umas cartas, logo viu que não havia nada de drogas e violência nelas, não estávamos traficando nada nem tramando nenhum assassinato. Mas aí não aguentou e continuou lendo, não é? De bisbilhotice, fofoca... Virou a sua novelinha particular, de vez em quando um capítulo novo.

— Não diga uma coisa dessas, Gabi... Eu fui vendo que não havia nada de mais. E você até tinha me contado umas coisas.

Além disso, aquela situação toda com a Dora já ficou tão ultrapassada... Eu pensei que, se eu soubesse mais sobre a relação entre vocês dois, podia influenciar em alguma coisa com seu pai, ajudar a mudar a atitude dele... Eu quis ficar do seu lado, minha filha, ser sua amiga.

– Mas sem enfrentar nada, não é? Sem falar abertamente comigo, sem sentar francamente com ele e dizer: "Olha, Rodolfo, essa sua implicância toda com o Bruno não tem o menor sentido...". Isso é que era ajudar. Mas isso você não tem coragem de fazer.

Aí ela começou a chorar.
— Não tenho mesmo, mais uma vez você tem razão.
Fingi que não percebi as lágrimas escorrendo. Insisti:
— E não tem por quê? Acha que ele vai te bater? Então ele bate e eu não sei? Moro com vocês há dezesseis anos e nunca vi uma cena de surra... Você tem medo de quê?
Ela chorava, não dizia nada. Continuei:
— Você não tem coragem de enfrentar porque é uma fraca, deixa ele mandar em você só porque ele é homem.
— Gabi, as coisas não são tão simples assim... O Rodolfo é meu marido, eu gosto dele, quero que a gente viva em harmonia. Não preciso levar as coisas a ferro e fogo, existe uma sabedoria em ir cedendo aqui e ali... Para viver em paz.
Eu estava realmente muito zangada e pegava pesado:
— Bonita paz essa, não é? Paz que precisa de mentira, de espionagem, de covardia... Paz que não admite que a filha tenha nenhuma liberdade, escolha seus próprios amigos, namore quem quer. Vale a pena?
Acho que eu estava exagerando, era demais para ela. Porque aí mudou o disco, sabe? Veio aquele papo de sou-uma-mãe-fracassada-não-sei-onde-foi-que-eu-errei:
— Eu posso estar fazendo tudo errado mesmo, mas posso garantir que é com a melhor intenção. Fico querendo te proteger, evitar brigas em casa, agradar a todo mundo... E aí não consigo, é muito difícil, sabe?
— Difícil? Mas você não sabe tudo? Sabe sempre o que é melhor para todo mundo, tem opiniões sobre todas as coisas?... Ou é uma coitadinha que está perdida neste mundo hostil com um marido mandão e uma filha malcriada e não sabe o que deve fazer?

Ela ficou alguns minutos em silêncio, parou de chorar e depois falou com mais calma.

– Não concordo muito com isso de marido mandão, mas talvez seja um pouco. Mas reconheço que essa história de filha malcriada é outra coisa que você tem razão. Só que eu não sou uma coitadinha. Talvez seja fraca mesmo, às vezes com medo de brigar, medo de que fiquem contra mim, me deixem sozinha, não sei. Mas fraqueza não é crime. Essas coisas não são simples, já lhe disse. As pessoas não são simples. E se você está conseguindo ver umas coisas de modo tão adulto, defendendo sua privacidade, lutando por sua liberdade, tudo isso, bem que podia também tentar ser um pouco mais adulta e analisar a situação com menos raiva... Eu acabei metendo os pés pelas mãos, não tive razão, já reconheci e pedi desculpas. Mas...

– ... a intenção era boa, eu sei. Você já disse e está se repetindo... – interrompi.

– Não era isso o que eu ia dizer agora. Ia só lembrar que vivo sujeita a muitas pressões e acabo me enrolando. O patrão me pressiona no trabalho, os colegas, seu pai, você, seu irmão, meus pais... Tenho que cuidar da casa, planejar as coisas, organizar as compras de supermercado... Tem horas que eu me sinto como uma minhoca no galinheiro, cada um puxa de um lado e ainda tem outros que ficam dando umas bicadinhas pelo meio...

Aproveitei a pausa para interromper. Também já tinha visto esse filme, ouvido esse disco. O papo-discurso. Se eu deixasse, levava horas.

– Está bem, mãe. Eu não quis ser malcriada. Só quis me defender. No fundo, a intenção era boa, e era até a mesma que a sua: me proteger...

Ela me olhou meio de banda, diante dessa ironiazinha a que não resisti. Ignorei o olhar e terminei o papo:
— Pronto, não vamos discutir mais. Desculpe qualquer coisa. Assunto encerrado.

Levantei, dei um beijo nela, saí para o meu quarto.

Mas não fiquei feliz. Minha confiança nela estava abalada, por maiores que fossem as explicações. Uma coisa dessas deixa consequências.

A primeira é que mudei meu endereço. Não queria mais receber carta do Bruno lá em casa. Passei no correio, tentei alugar uma caixa postal, mas a mulher ficou torrando minha paciência, disse que só com carteira de identidade ou autorização dos responsáveis, porque eu sou menor. Então desisti e pedi à Bia, perguntei se o Bruno podia escrever para a casa dela. Combinamos que ele ia botar no envelope o nome dela e depois as letras PG (que nós sabemos que significam "Para Gabi", mas ninguém mais ia entender). Pronto, resolvido! Quem dera que todos os problemas a gente pudesse resolver assim...

Porque a segunda consequência, óbvia, é que eu tinha de encarar que estava tendo um problema sério com meus pais. Grave. Pela primeira vez na vida. Com minha mãe foi fácil de ver, estourou com essa discussão. Mas também com meu pai, eu tinha de encarar. Não dava para negar que eu andava havia um tempão escondendo dele uma das coisas mais importantes da minha vida. E isso não me deixava feliz, claro. Eu queria que as coisas pudessem ser muito abertas, verdadeiras. Mas também não queria que ficassem me proibindo tudo, ainda mais sem razão. Isso era um problema e eu tinha que olhar de frente.

E ainda havia outro problema – com o Bruno. A gente não tinha brigado, não era isso. Mas namorar de longe e por carta deve ser mesmo meio impossível. Tudo muda muito, fica muito diferente. O tempo vai passando, ninguém é de ferro. Durante as férias, eu bem que vivia cheia de saudade, lembrava do verão passado, a gente começando, contra tudo e contra todos, enfrentando a maior oposição e tendo que se ver escondido. Pode ter sido difícil, mas foi tão bom, tão gostoso... E a gente estava perto. Essa distância agora era muito dura. Eu morria de saudade.

A gente continuava se escrevendo, mas às vezes as cartas pareciam só de dois amigos. E às vezes eu ficava zangada, com ciúme. Tenho certeza de que ele andou se metendo com outras meninas. Falou mais de uma vez de uma colega de colégio, uma tal de Franca, que ajudou muito no início da adaptação. Eu ia perguntar se não tinha nada mais nessa relação, mas antes de eu tocar no assunto veio uma carta linda dele que contou que tinha rolado mesmo um lance entre os dois, mas já tinha passado, foi só porque ele se sentia muito sozinho, no estrangeiro, aí pintou... Mas continuava gostando de mim e tinha certeza de que eu ia entender, eu era uma pessoa inteligente, compreensiva, divertida, e ele não queria me mentir... Que era uma coisa que podia acontecer com qualquer um. Que, se acontecesse comigo, ele entendia. Que, quando a gente gosta mesmo muito de alguém, não quer se transformar numa prisão para essa pessoa, ele não ia querer ser minha prisão... Que tinha certeza de que eu também não ia querer ser a dele... Bom, eu não tinha tanta certeza assim, mas achava que ele estava certo. E não dava para ficar muito zangada, com toda essa sinceridade.

Mas não posso dizer que gostei.

E deve ter sido uma coisa meio forte para o Bruno, porque a partir daí quem ficou com ciúme foi ele, acho que a toda hora imaginava que eu ia fazer igual. E bem que me deu vontade de ver se ele ia mesmo ser tão compreensivo ou se isso tudo era só conversa.

Depois, quando foi passar o tal mês em Florença, foi a vez da prima, lindíssima, "de pele clara, cabelos negros e olhos enormes", como ele mesmo descreveu da primeira vez, todo animado em descobrir que tinha uma prima que até parecia uma Branca de Neve. Uma tal de Mirella, assim mesmo, com dois *ll*. Aí foi pior. Porque ele nunca confessou, mas eu tenho certeza. Ficaram inseparáveis um mês e foram até com uma turma fazer esportes de inverno e se hospedaram numa cabana na montanha, já imaginou? Um cara lindo que nem o Bruno? Que não é anão nem nada, até parece um príncipe, com uma Branca de Neve numa cabaninha? Claro que rolou e ele não quis contar... Ficou mandando monte de cartão, toda hora lembrando de mim e nunca tinha tempo de escrever uma carta de verdade... Ele não me engana... Mas fingi que não sabia – só que fiquei com raiva e comecei a sair muito também, a fazer muita questão de curtir minha liberdade. Passei a ir mais a festas por aqui, aproveitei as férias e um pessoal novo que eu tinha conhecido na praia, fiz um monte de programas divertidos. Passeamos de barco, organizamos uma torcida para o campeonato de vôlei na areia, fomos ver uns *shows* ao ar livre, maneiríssimos. Até pintou um clima com o Eduardo, um garoto que adora dançar, como eu. A gente saiu umas vezes, ele foi uma companhia muito agradável, um bom consolo. Mas não deu em nada, não foi muito adiante.

De qualquer modo, tudo isso era assunto para pensar muito. E quanto mais eu pensava, mais eu descobria que o que eu mais queria eram duas coisas: liberdade e sinceridade. Quer dizer, não queria que ficassem mandando em mim, me controlando sem parar. Mas também não queria ter que ficar mentindo para poder fazer o que eu tinha vontade. E me sentia num beco sem saída. Afinal de contas, eu dependo mesmo de meus pais, eles é que pagam todas as minhas despesas. Então ficam se achando com o direito (ou têm mesmo esse direito, sei lá...) de resolver tudo na minha vida. E eu, para não entregar os pontos, não virar uma panaca nas mãos deles, passei a fazer coisas escondido.

Vou ter que dar um jeito nisso – foi minha resolução seguinte. Só não sabia como.

Mas, mesmo sem resolver exatamente o que ia fazer, fui tocando o barco pra frente. E aí dei sorte...

Quando as férias acabaram, a *Miss* Mary, professora de inglês, perguntou se eu não queria dar umas aulas particulares a uma menina da sexta série, que veio transferida de outro colégio e estava muito fraca. Eu topei, ela gostou, a mãe dela também, e acabou me indicando para dar aulas também para dois primos dela, pequenos, umas aulinhas ótimas, só de brincar, cantar, recortar figuras, essas coisas. Depois foi uma vizinha dela, que trouxe uma amiga. E um colega do Tiago se juntou ao grupo dos pequenos. O resultado é que fiquei com seis alunos particulares, trabalhando, adorando e ganhando um dinheirinho. Não é muito, mas é meu, conquistado com meu esforço. Levantou muito o moral. Começava a achar que estava no caminho de poder mesmo um dia ficar uma pessoa independente – e só fazer o que eu queria. Não era impossível. E podia ser que esse dia não estivesse tão longe. Com a grana, ia poder comprar uma roupa nova como eu queria (e não pelo gosto da minha mãe). Uma roupa transadinha para ir à festa do irmão da Bia.

Ia ser uma festa superespecial. Porque, três dias antes, maravilha! Bruno chegava da Itália! Nem preciso dizer que eu estava muito, muito feliz!

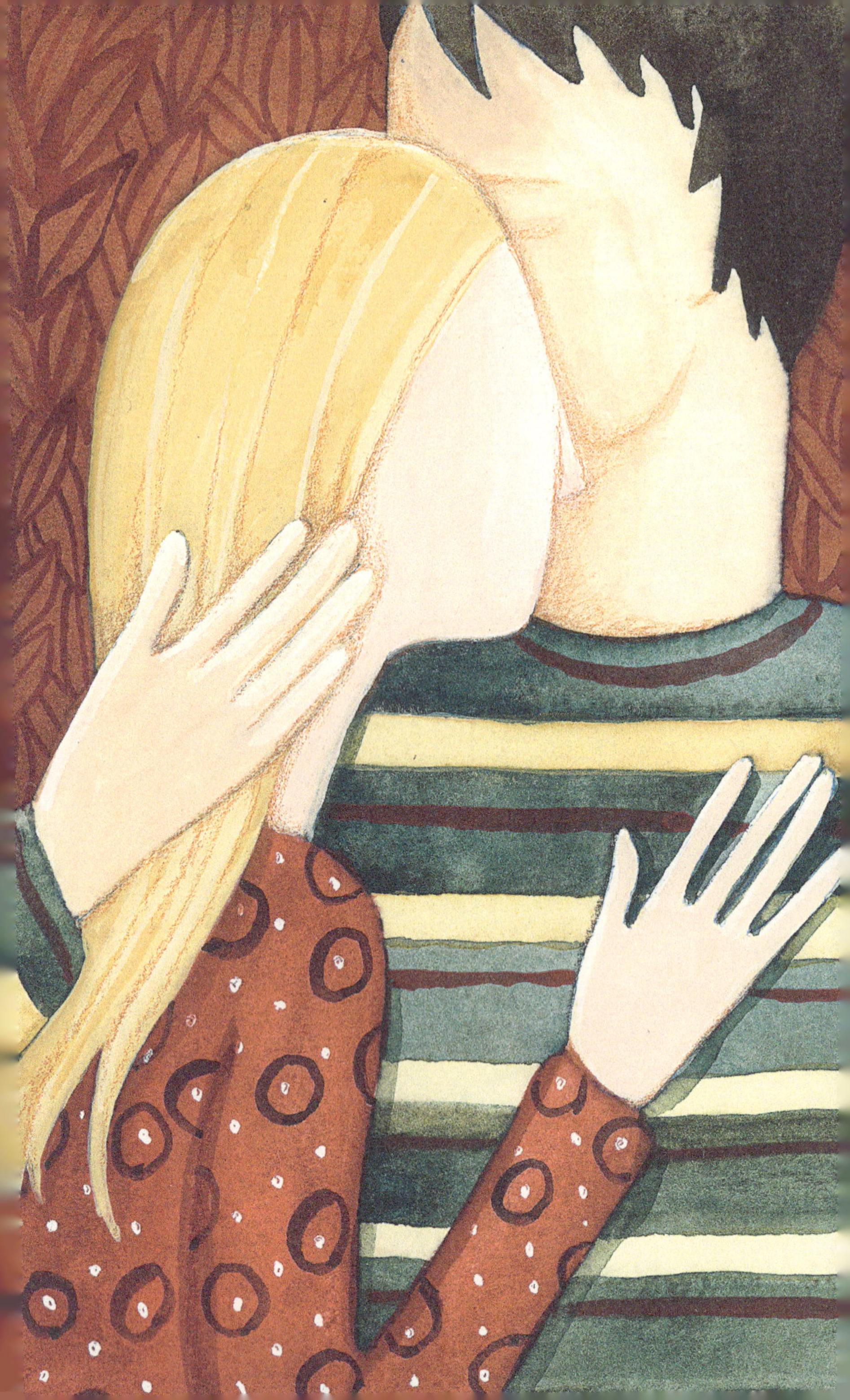

7 Correntes e correntinhas

Quando Bruno voltou, foi uma festa. Nós tínhamos combinado que eu ia estar na casa da Bia esperando ele telefonar quando chegasse em casa, e eu fui para lá cedinho, na maior ansiedade. E logo ele ligou e veio me ver. Não vou ficar contando os detalhes de nosso encontro, por uma porção de motivos. O primeiro é que não é mesmo da conta de ninguém, e a esta altura já deu perfeitamente para saber que eu não gosto de ninguém xeretando a minha vida. O segundo é que isso não é importante para a história que eu estou contando – e se você ainda está achando que esta é uma história de namoro, como milhares de outras que existem por aí, está muito enganado. Pode ir tirando o cavalinho da chuva e tratando de pensar melhor para ver se descobre. E enquanto você pensa, a gente namora um pouquinho.

Eu não achava que Bruno podia ficar ainda mais bonito, mas ficou. Parecia mais velho, e isso não era só porque cresceu, não. Estava com os ombros mais largos, o cabelo cortado de uma maneira diferente, até o jeito de se vestir era outro – pelo menos, as roupas eram. E, como não estava com aquela cor bronzeada de praia que eu sempre conheci, parecia que ficava também com o cabelo mais escuro, a pinta em cima do lábio se destacava mais, os olhos pareciam maiores. E havia alguma coisa diferente em todo o jeito dele, uma coisa que eu não sei explicar. Acho que estava mais adulto.

Também me achou diferente.

– Puxa, gatinha, você está demais!

Foi muito bom. Depois, me deu um presente que tinha trazido, uma caixinha bem pequenina, embrulhadinha num papel brilhante, com laço de fita branca. Era uma correntinha bem fina, com um enfeitezinho pendurado. Estou cheia de diminutivos, até parece nossa brincadeira do José Dias com os superlativos, mas é que era tudo tão delicado que não dá para ficar usando as palavras normais.

– Isso é um camafeu, Gabi – explicou ele. – Eu visitei uma fábrica que fazia, é impressionante a gente ver como é que eles trabalham. É feito de concha, sabe?

– Concha? Não é possível!

Eu não conseguia acreditar. Aquela coisa tão delicada? Era o perfil de uma deusa ou uma dama antiga, com o cabelo para cima, e uns fiapos escapando, uma flor na cabeça, tudo bem pequenino, esculpido com a maior perfeição, num material branco ou, pelo menos, bem claro, sobre um fundo cor de coral. Formava uma espécie de medalhão ou quadrinho oval, com uma moldurinha dourada. Como é que podia ser de concha?

— É sim, Gabi. Um pedaço de concha, que eles vão raspando, cortando e esculpindo e aí aparecem as camadas e cores diferentes, o coral é mais profundo, esse creme claro no meio, a flor está mais no alto, se você olhar bem vai reparar que ela é mais clara.

— É lindo!

— Eu achei que combinava com você...

— Por quê? Me acha com cara de gente antiga?

Ele riu, aquele riso gostoso do Bruno, de que eu estava com tanta saudade.

— Nada disso. É que é lindo, eu também acho, como você. E é um presente do mar, como você. Nasceu de uma concha. Igualzinho a uma pintura de Vênus nascendo das ondas, que eu vi no museu em Florença...

— Você mandou um cartão...

— Mandei? Nem lembrava...

Como é que se esquece uma coisa dessas? Um cartão onde ele mesmo falava que Vênus é a deusa do amor, que a gente se conheceu na praia, e uma porção de coisas bonitas. De Florença. Por onde ele andou com a Mirella...

Mas eu não ia deixar isso estragar nosso encontro. Fingi que não reparei. E ele já estava anunciando mais coisas:

— Você acha que pode?

— Pode o quê?

— Vir me encontrar hoje de noite...
— Vou dar um jeito.
— É porque agora tenho que voltar, não posso demorar, lá em casa hoje ninguém foi trabalhar, meus pais estão fazendo um almoço de família para mim, vem tudo quanto é parente para eu contar as histórias da viagem... Só deu para eu dar uma saidinha rápida. Mas de noite, a gente podia se encontrar, passear pela beira da praia, sentar num barzinho...
— Tomar sorvete... Está com saudade de sorvete, Bruno?
— Nem tanto. Estou com saudade é de você. O sorvete da Itália é maravilhoso, melhor do que o daqui. Sabe, foram os romanos que inventaram o sorvete. Antigamente... mandavam buscar neve nas montanhas e misturavam com suco de frutas. Vinha uma quantidade enorme e ia derretendo pelo caminho, só sobrava um pouquinho. Era preciosíssimo...
— Preciosérrimo, preciosésimo... – completei.
Ele me abraçou, dizendo:
— Que bom ouvir essa nossa brincadeira de novo, Gabi. Eu estava com a maior saudade...
Pausa. Depois, ele continuou:
— Mas não vamos tomar sorvete, não. Tenho uma outra surpresinha.
— O que é?
— Surpresa a gente não conta. Você só vai saber se adivinhar.
Não dava para adivinhar. De noite, no bar aonde a gente ia sempre tomar sorvete e tinha comido um sanduíche, ele de repente falou para o garçom, quando já estávamos indo embora:
— E aquilo que eu pedi para você guardar na geladeira?
O garçom foi buscar. Era uma minigarrafinha de champanhe. Bruno a pegou, recolheu dois copinhos de plástico, daqueles que

ficavam numa pilha junto do bebedor de água, e, enquanto caminhávamos pelo calçadão, sentindo a brisa do mar, foi explicando.

– Eles estavam distribuindo no avião para os passageiros da primeira classe e eu pedi à aeromoça. Ela disse que, se sobrasse, me arrumava uma. E eu trouxe para a gente tomar juntos, festejar este encontro, comemorar tudo.

Sentamos num banco do calçadão, ele destorceu uns fios que seguravam a rolha, foi empurrando de mansinho, explicando:

– É assim que se faz, bem devagar...

– Como é que você sabe? Ficou fazendo curso de tomar champanhe, é?

Ele me olhou de um modo meio esquisito.

– Fiz curso de italiano, Gabi. Você sabe muito bem. Mas tomei vinho com meus tios, algumas vezes, e alguns eram frisantes, uma espécie de champanhe italiana. Não tem nada de mais.

Nesse momento, a rolha estourou, começou a jorrar champanhe para todo lado, parecia pódio de Fórmula 1, banho geral. A garrafa era tão pequenininha, não sobrou quase nada. Rimos muito, foi muito divertido. Depois ele serviu o que tinha sobrado e fez um brinde:

– A nós dois! Aos novos tempos!

Encostamos os copinhos, depois tomamos uns goles. Eu nunca tinha tomado champanhe, não gostei muito, achei que arranhava um pouco a garganta na hora de engolir. Mas fazia uma cócega divertida no nariz. Repeti o brinde:

– A nós dois! Aos novos tempos!

Rimos muito, nos abraçamos, nos beijamos, depois ele me levou em casa. Eu entrei meio preocupada de ter algum problema com meus pais, mas ainda era cedo, e eles achavam que eu estava vindo da casa da Bia. Tudo bem.

Fui para o meu quarto na maior alegria. Bruno tinha voltado! Estava lindo e continuava gostando de mim! Viva! E agora iam ser os novos tempos, como ele tinha dito... Os velhos tempos tinham acabado. Eu não era mais uma menininha boba. Sei que isso não tem muita importância, mas segurei o camafeu na correntinha no meu pescoço, lembrei do gostinho do champanhe e do Bruno ainda há pouco, e pensei: "Joias, champanhe... Gabi, você está crescendo...".

No dia seguinte, acordei resolvida. Os novos tempos não podiam ser tempo de mentira. Aproveitei todo mundo reunido na mesa do café e disparei:

— Sabem o Bruno?

Os dois pararam e me olharam. Papai só perguntou:

— Aquele?

— Aquele mesmo — eu confirmei.

— O que é que tem o Bruno? — perguntou ele.

— Voltou da Itália ontem — anunciei.

— Gostou? — minha mãe perguntou.

— Gostou... Mas eu queria contar uma coisa.

— Então conte.

— A gente está namorando...

Fez-se um silêncio. Mamãe olhou para papai, como quem queria ver o que ele ia fazer, para saber o que ela deveria fazer. Mas ele foi irônico:

— E ele chegou ontem? Esses italianos são mesmo rápidos... Pelo jeito, o rapaz aprendeu direitinho...

— Bom... — expliquei. — A gente se escreveu um pouco enquanto ele estava lá...

Ele riu:

— Você está feliz?

— Muito, pai, ele é maravilhoso, eu só queria que você conhecesse para poder ver...

— Bom, se vocês estão namorando, eu vou conhecer, não é? Na certa, ele não vai sair daqui de casa... Aí eu vou ter que encontrar com ele... Ou ele é invisível?

Meu próprio pai dizendo aquilo? Eu não acreditava... Quer dizer, combinava com o jeito de ser de meu pai, a mania de falar de tudo assim, sempre brincalhão. Mas com esse assunto? Novos tempos... Aproveitei a chance:

— Sábado vai ter uma festa na casa da Bia e ele podia vir me pegar aqui em casa...

— Isso... Aí eu fico conhecendo... Vamos ver se minha filha sabe escolher...

Levantou-se para sair, me deu um beijo, um abraço e disse, carinhoso:

— Te cuida, menina...

Fiquei sozinha com mamãe, sem entender. Ela estava com os olhos cheios d'água e disse:

— Fico muito feliz porque você está feliz, com o rapaz de quem você gosta. É muito bom que toda essa história termina bem... Eu estava torcendo muito.

— Torcendo?

— Claro, Gabi... Você se esquece de que eu já sabia? Eu tinha lido as cartas... Achei vocês dois umas gracinhas, ajuizados, responsáveis. E ele escreve bem, é inteligente, divertido.

— E aquele papo todo de acharem que ele era o namorado da Dora?

— Bom, aquilo foi mesmo um péssimo começo, e não depunha muito a favor do rapaz... Seu pai tinha razão. Mas, pelo jeito, vocês evoluíram, amadureceram...

Corrigi, brincando com migalhinhas de pão em cima da toalha da mesa:

— A situação evoluiu, você quer dizer. Ficou evidente que aquilo tudo era invenção da Dora. Que nós não tínhamos feito nada errado. Que ele não tem "uma falha grave de caráter", como vocês diziam. Que não era fogo de palha.

Ela levantou para começar a tirar a mesa, enquanto eu terminava de desenhar um coraçãozinho na toalha, com os farelos de pão. Foi recolhendo os pratos e falando:

— Gabi, minha querida, vamos deixar isso para trás? Pode ter havido erros de parte a parte, mas agora está tudo bem. Uma sabedoria na vida é aproveitar os bons momentos como eles são, sem transformar em momentos ruins...

Minha mãe é toda cheia de lições de sabedoria, mas dessa vez achei que ela tinha razão. Eu estava tão feliz, para que complicar? Levantei também para ajudar com a louça. De repente, me ocorreu uma coisa e eu perguntei:

— Como é que papai mudou de uma hora para outra? Você fez alguma coisa?

Ela sorriu, radiante:

— Não foi de uma hora para outra, mas eu fiz o que podia.

— E o que era que você podia?

Nunca eu tinha visto minha mãe assim, ao mesmo tempo um pouco orgulhosa, mas meio encabulada. Ela vive falando que se sente a tal minhoca no galinheiro, mas aposto que nessa hora estava se sentindo uma galinha que acaba de botar ovo e sai cacarejando para anunciar:

— Bom, eu comecei depois do seu aniversário, quando Bruno telefonou. Quer dizer, antes eu já tinha contado que ele estava na Itália, para tranquilizar seu pai com a distância, mas também porque eu tinha medo de que ele visse uma carta lá na portaria, como aconteceu comigo, e ficasse furioso. Aí, no dia do seu aniversário, de noite, eu comentei que achava que esse rapaz estava interessado em você, para ter ligado de tão longe. Ele quis saber se eu o conhecia, como ele era... Eu não sabia, mas disse que outro dia você tinha me mostrado um cartão dele...

— Eu tinha mostrado? Dona Lola, como é que pode? Mentir desse jeito, que coisa feia...

— Bom, eu não ia dizer que vocês estavam cheios de segredos, se escrevendo escondido, essas coisas, não é mesmo? Enfim, fui falando com jeito, de vez em quando um comentário favorável aqui, outro ali... E conversamos muito sobre a Dora também, essa história dela estar noiva tão rápido agora é a maior prova de que não havia nada entre os dois...

— Como eu sempre disse e ninguém quis acreditar.

– É...

Mas enfim, valeu. Pode ter sido por remorso, mas ela ajudou. E assim que conheceram o Bruno, não dá nem para acreditar – ficaram amigos! Minha mãe desatou a fazer macarronadas especiais aos domingos, para ele matar a saudade da Itália. Meu pai começou a ir com ele e Tiago ao futebol, estava "adotando" o Bruno. E ele? Super à vontade, parecia que nunca tinha vivido outra vida e que aquela era a casa dele.

Bom, né?

Bom? Mesmo?

No começo, eu achei que era. Mas depois fui achando que era intimidade demais. Num dia em que o Eduardo me ligou para combinar um jogo de vôlei com a turma, meu pai chiou:

– Não fica bem você ficar saindo com outros rapazes, se está namorando o Bruno.

– Ih, pai! Não tem nada a ver...

– Ele sabe?

– Ainda não, mas vai saber. E se quiser, vai também. Mas ele não liga.

– Não gosto muito disso. E acho que o Bruno não vai gostar.

Sobre esse jogo, Bruno não se manifestou, até foi junto. Mas logo começou a mostrar que não gostava de outra coisa: meu trabalho.

– Puxa, toda hora que eu quero te ver de tarde você está ocupada. Ou está estudando, ou tem que dar aula... não tem um tempinho para mim, não?

Parecia até a conversa dos meus pais:

– Não sei que necessidade você tem de dar essas aulas, minha filha. É muito cedo para você começar a trabalhar... – disse meu pai.

E minha mãe, que sempre prefere ver o assunto meio de lado:
– Vai acabar atrapalhando seus estudos.
– Não, mãe, pelo contrário. Agora eu estudo mais inglês, porque tenho que dar aula, preparar tudo... Vocês deviam estar contentes, estou ganhando minha grana, não fico mais toda hora pedindo coisas a vocês...

Fui tocando para a frente, mas nenhum deles gostava, e tinha sempre um comentário meio atravessado. Papai chegou a se oferecer para aumentar minha mesada, para eu não precisar de dinheiro extra. Quanto mais eles insistiam, mais eu sabia que não queria parar de trabalhar, que achava ótimo ter um dinheiro que eu gastava como queria, sem ter que dar satisfação a ninguém. Se, por um lado, estava muito feliz porque não precisava mais mentir, por outro também era verdade que grande parte da minha alegria não vinha só do Bruno e da boa relação com meus pais. Vinha de eu saber que estava conquistando mais liberdade, me preparando para ser dona do meu nariz, andar sem corrente no pé, do jeito que eu quisesse. Por causa do meu trabalho.

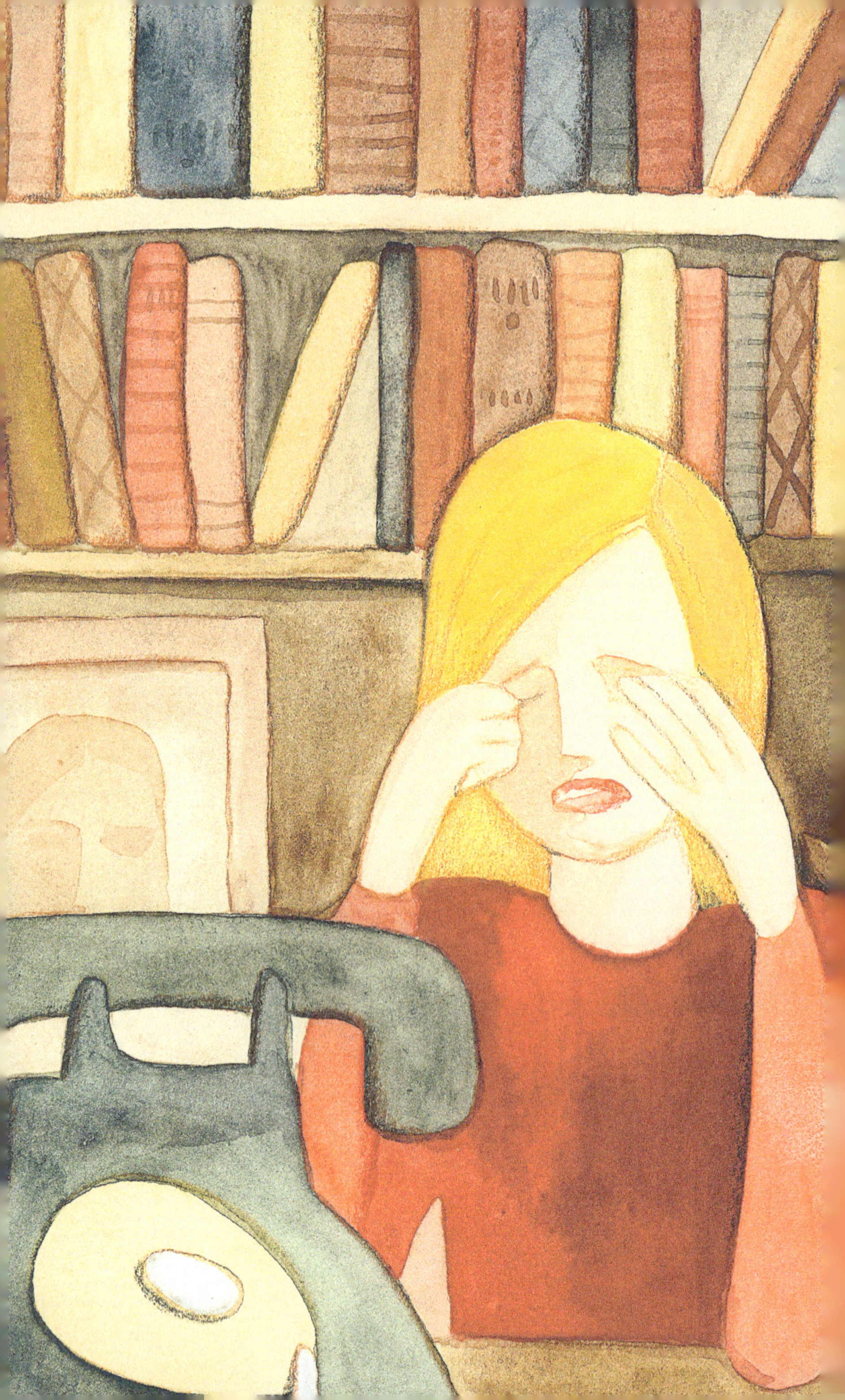

8 Bolhas

Sou obrigada a reconhecer que numa coisa o Bruno tinha razão. Era verdade que eu estava com menos tempo para ele por causa do meu trabalho. Mas ele também estava com menos tempo para mim por causa do vestibular. Desde que voltou, meteu a cara nos livros, para recuperar o tempo perdido. Tinha aula no cursinho e um monte de coisa para estudar. Toda vez que podia, em qualquer momento livre, ia lá para casa. Mas esses momentos não eram muitos. Por isso ficava tão chateado quando nessa hora eu não estava livre também.

Mas era uma questão de organização. As aulas que eu dava tinham dia certo e hora certa. Ele podia muito bem estudar nessa mesma hora e deixar para ter um tempo livre quando eu também tivesse. Se não fazia isso, era porque devia achar que a minha ocupação era menos importante que a dele. Vontade de implicar.

Aí apareceu uma complicação. A *Miss* Mary, professora de inglês, estava toda animada com as minhas aulas, as pessoas elogiavam, ela estava sempre querendo me arrumar mais alunos, e eu não aceitava por falta de tempo mesmo. Mas surgiu uma oportunidade maravilhosa! Ia haver um congresso internacional de turismo na nossa cidade, com conferências, mesas-redondas, uma exposição de artesanato e visitas a uma porção de lugares. E eles estavam querendo recepcionistas – de boa aparência e falando inglês. Pagavam muito bem. E bota bem nisso.

Miss Mary ficou toda entusiasmada quando pediram a ela que indicasse algumas alunas e logo me recomendou. Era perfeito! Não precisava nem perder aula, porque ia ser justamente num feriadão. Claro que aceitei, toda empolgada. E combinei logo de ir com as outras meninas assistir às palestras de treinamento e tirar as medidas para os uniformes – que eles davam uma roupa toda elegante para a gente, com sapato novo, bolsa e tudo. E ainda pagavam cabeleireiro.

Mas, quando cheguei em casa contando a novidade, sabe que ela não fez o sucesso que eu esperava?

Minha mãe torceu o nariz e comentou:

– Acho que você está abusando, vai acabar ficando doente de tanto se cansar. Já não come quase nada, está magra de fazer dó, agora vai ficar sem dormir...

– Sem dormir, mãe? O horário é quase todo de dia. De noite eu durmo.

– É, mas vai ficar exausta. Você devia aproveitar os feriados para descansar, minha filha.

– Eu posso descansar todo fim de semana. Um congresso desses só acontece uma vez na vida outra na morte, sei lá quando aparece outra chance dessas...

– Vamos ver o que seu pai acha.

Bom, quando meu pai chegou, ele não proibiu, mas usou outros argumentos:

– Recepcionista?

– É.

– Filha minha? De recepcionista? Levando cantada de qualquer um? Aturando paquera de tudo que é marmanjo que chegar por lá?

– Não, pai, dando informação às pessoas, recebendo o público, encaminhando os visitantes estrangeiros, essas coisas. E ninguém mais fala "cantada" e "paquera", sabia? São umas palavras quase tão antigas como essa ideia.

Ele achou graça, mas insistiu.

– Ah, é, eu esqueço. O nome muda, mas é a mesma coisa. Mas seja lá como for, acho que não fica bem. Você é muito menina ainda, não sabe se defender. Vai ficar exposta a todo tipo de constrangimento, ter que aturar pessoas que podem ser grosseiras…

– Pai, deixe de bobagem… Pode ter um ou outro mais mal-educado, mas isso a gente encontra em qualquer situação na vida. Numa loja, no ônibus, em qualquer lugar… Mas a maioria é de profissionais, trabalhando…

– Fazendo turismo, longe de casa, querendo fazer programa, você não sabe como é isso…

– Então já está na hora de aprender. É só não cair na conversa, dizer um não bem firme, e pronto! Puxa, você não confia em mim?

– Confio, não é isso, mas é que a ideia não me entusiasma…

Estava cedendo. Conheço.

– Estou vendo. Mas eu quero muito, acho que vai ser legal. E acho que, mesmo sem entusiasmo, você podia deixar. Se quiser, vai até lá comigo, conversar com as pessoas, se informar direito. Se não fosse interessante, não valesse a pena, a *Miss* Mary não ia recomendar, ela não é irresponsável! É até uma pessoa supercareta.

— Está bem. Sua mãe vai lá com você nessa primeira reunião de treinamento, conhece o pessoal, explica que você é menor...

— Eles sabem.

— Pois é, mas então é natural que ela vá saber, certo?

Dei um beijo nele e concordei.

— Certo. O importante é você ter deixado.

Ele ainda fez questão de dizer:

— Uma permissão meio reticente, mas vá lá...

— Meio? Reticentíssima, como diria o José Dias.

Ele riu. E eu lembrei de contar:

— Aliás, acabei não lhe dizendo isso nunca, mas sabe quem me emprestou o *Dom Casmurro* para ler? Foi o Bruno! Vocês dois adoram o Machado de Assis, sabia? Mais um ponto em comum...

— Esse rapaz me surpreende... — disse ele, com um ar de admiração.

Depois de uma pausa, levantou um pouco a sobrancelha e perguntou:

— E o que foi que ele achou dessa ideia de você trabalhar como recepcionista?

— Ainda não falei com ele.

— Pois fale. Alguma coisa me diz que temos mais um ponto em comum — encerrou, antes de pegar o jornal.

O pior é que ele tinha razão. Se com meu pai e minha mãe tinha sido difícil, com o Bruno foi um deus nos acuda. E eu não esperava isso. Começou tão naturalmente... Antes de eu puxar o assunto, quando nos encontramos ele foi dizendo:

— Gatinha, mais uma vez você vai ter que ser compreensiva, mas quase não vai dar para a gente se ver nestes dias. Vou aproveitar os feriados para botar em dia uns cadernos de matemática, tentar fazer uns problemas, porque tem uns pontos meio difíceis, eu estou cheio de dúvidas.

Achei ótimo! Assim eu ficava com o tempo livre e evitava problemas. Por isso, disse:

— Claro que eu entendo, não tem o menor problema. E vai ser bom porque eu vou trabalhar no feriadão, também não ia ter muito tempo.

— Trabalhar? Em quê? Não me diga que as criancinhas agora passam os dias de folga aprendendo inglês.

— Não é com as criancinhas, Bruno, é outra coisa.

E contei tudo a ele, no maior entusiasmo. Expliquei como era o congresso, o que eu ia ter que fazer, contei que *Miss* Mary tinha recomendado, que havia uma porção de candidatas e que eu tinha sido selecionada. Fiquei meio chocada com o comentário dele:

— Essa não!

— Essa não, por quê? Posso saber?

— Porque você não precisa disso e fica inventando coisa só para implicar comigo.

— Implicar com você? Essa não, digo eu.

— É, sim. Você tem a mania de ser independente, de fazer tudo o que passa na sua cabeça sem me consultar, sem querer saber o que eu vou achar. E quando desconfia que eu não vou gostar, aí mesmo é que você faz.

— Que ideia mais maluca, Bruno! Eu pensei que você ia achar o máximo, como eu achei...

— De você ficar se exibindo pros gringos num congresso? E nem pensou que a gente ia ficar quase sem se encontrar nesses dias, só por causa desse seu trabalho? Você não sente a menor falta de me ver, não é? Por que não diz logo e acaba com isso de uma vez?

Puxa, que reação! Acabar com isso? Isso o quê? O namoro? Fiquei furiosa, ia dar uma resposta bem das minhas, bem malcriada. Mas sabe que lembrei da mamãe? Aquela história de querer viver em paz... Só que a minha paz é diferente, e eu enfrentei, mas tentando ser calma.

— Bruno, não estou entendendo. Não foi você mesmo quem acabou de me dizer que vai estudar e vai ficar o feriadão ocupado?

— Fui.

— E então?

— Mas você ainda não sabia. E resolveu esse trabalho sem saber. Eu podia estar planejando um programão, ter descolado um passeio em casa de alguém, um acampamento, sei lá... Se fosse isso, você não podia ir. Porque, como sempre, botou o trabalho em primeiro lugar. Eu venho lá no fim...

— Ah, é? E você? Passou pela sua cabeça que eu podia ter um programão, um passeio, alguma coisa maravilhosa pra gente fazer, e mais uma vez você resolve ficar com o nariz enfiado nesses livros?...

— Eu tenho que fazer um vestibular, você sabe que isso não é brincadeira...

— E meu trabalho? É brincadeira?

Ele não respondeu, ficou emburrado. Eu também fiquei de cara feia. Achava que ele não tinha razão nenhuma, e não estava disposta a fazer um gesto de reconciliação (eta, palavra!) para acalmar as coisas, mais uma vez. Se ele quisesse, quem ia ter que estender a mão era ele. Não estendeu. Na hora de sair só deu um tchau e foi embora. Fiquei chorando, arrasada. O que é que aquilo queria dizer? Será que eu tinha ido longe demais? Que tinha escolhido errado? Só para ficar uns quatro dias numa roupa careta, sorrindo para todo mundo, e ganhar um dinheiro que, no fundo, não era indispensável, será que eu ia perder o Bruno? Isso eu não queria. Tinha lutado tanto por ele... Estava há tanto tempo construindo essa relação, como diz tia Carmem... Tive vontade de sair correndo atrás, pedir desculpas, desistir do trabalho, prometer que nunca mais faria isso... Mas tinha um lado meu que achava que eu não podia ceder. E não era só por orgulho, não. Era alguma coisa mais séria, alguma coisa que eu mesma não sabia o que era.

De qualquer modo, isso cortou um bocado da minha empolgação com o trabalho. Era a nossa briga mais séria, nunca tinha acontecido antes, isso de ele ir embora sem nem me dar um beijo e não telefonar no dia seguinte. Chorei um bocado, fiquei um dia inteiro brigando com todo mundo em casa, acabei ligando para ele, um papo meio na base do "você tinha razão, me desculpe, eu devia ter falado com você antes, mas pensei que não tinha nada de mais, de outra vez eu falo, mas agora não dá mais para desistir, já me comprometi", essas coisas. Ele também cedeu, pediu desculpas, disse que gostou de eu ter ligado, estava esperando eu telefonar, anda muito nervoso por causa do vestibular, gosta muito de mim, e que é só por isso que ficou chateado, porque queria que eu pudesse estar com ele toda vez que ele tivesse um tempo livre... E acabou confessando que tem ciúme, que sabe que isso é uma coisa careta, mas não consegue evitar, e ficou furioso de me imaginar toda bonita no meio de uma porção de caras em volta de mim o tempo todo... Parecia até meu pai falando.

Mas claro que adorei as explicações, fiquei rindo à toa.

E no último dia do congresso ele foi lá me buscar no fim do trabalho, e a gente foi comer uma pizza, foi supergostoso. Valeu a crise. Fazer as pazes foi ótimo.

Depois, num dia em que ele estava lá em casa, o Tiago me pediu:

— Gabi, você que anda rica, bem que podia colaborar para comprar as camisas do nosso time... A gente anda passando uma lista. Uma ajudinha só, vá...

Desde que entrou em férias, o Tiago só falava nessas camisas. Eu perguntei quanto era, concordei e brinquei:

— Ainda bem que é pouquinho, não preciso esperar o dia bom para tirar o dinheiro da poupança...

Aí o meu pai perguntou:

— O que é que você vai fazer com esse dinheiro todo que você fica juntando, Gabi?

— Ainda não sei — respondi. — Por enquanto, estou só juntando. Vou tirar uma parte para comprar uns presentes de Natal, mas vou continuar poupando para alguma coisa.

— O quê, por exemplo? — quis saber Bruno. — O que é que você tem vontade de fazer?

— Ainda não sei exatamente... Talvez viajar. Tem umas excursões legais, que a gente paga a prazo, eu andei vendo uns anúncios no jornal.

— Excursão? Para onde? — perguntou ele.

— Sei lá... Uma porção de lugares. Na hora eu vejo, depende de quanto vou ter na poupança.

Ele amarrou a cara. Como a gente estava na mesa, com a família toda, o assunto rodou um pouco. O Tiago disse que tinha vontade de ir à Disney, meu pai falou que a situação econômica anda muito difícil, que o país está vivendo uma crise danada, mamãe começou a falar do custo de vida, Bruno ficou calado, não deu para sair uma briga ali, mas eu vi que ele não tinha gostado. Assim que a gente ficou sozinho, ele puxou o papo outra vez. De novo, a mesma história, que eu faço meus planos sem ele, que isso é um absurdo etecétera e tal. Eu expliquei que não estava fazendo plano nenhum, só sonhando, que isso podia levar anos e eu nunca juntar esse dinheiro, que era uma bobagem se aborrecer... Tudo bem, passou.

Mas mais uma vez eu senti alguma coisa diferente. Como quando o pé da gente vai crescendo e o sapato começa a apertar, no começo muito pouquinho, depois mais, vai fazendo uma bolha, a gente põe um esparadrapo, mas sabe que vai ter uma hora em que aquilo não resolve mais. E não dá para cortar o pé, voltar ao tamanho de antes. Tem que descolar um sapato novo.

Teve outras "bolhas". Uma foi a festa do pessoal do cursinho, para comemorar que tinham passado no vestibular, todo mundo se divertindo, Bruno superalegre, mas sem querer dançar – e implicando porque eu não parava, dançava com todo mundo, ou sozinha, o tempo todo... Outra foi um shortinho meu que ele achou curto demais e disse que eu fosse trocar, com ele eu não saía daquele jeito. E outra foi quando as aulas recomeçaram e eu inventei de organizar uma campanha de reciclagem lá no colégio.

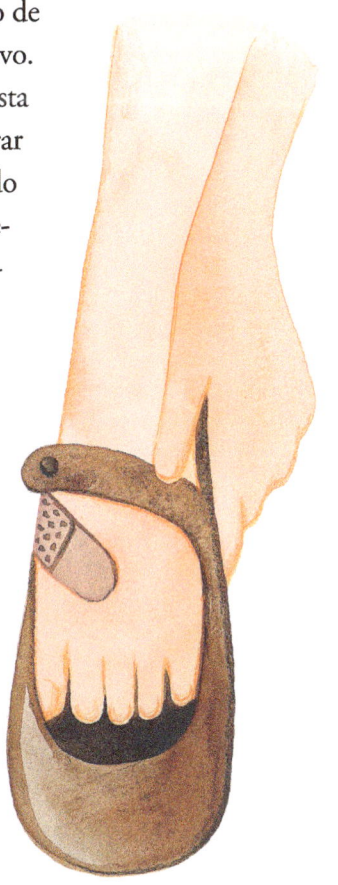

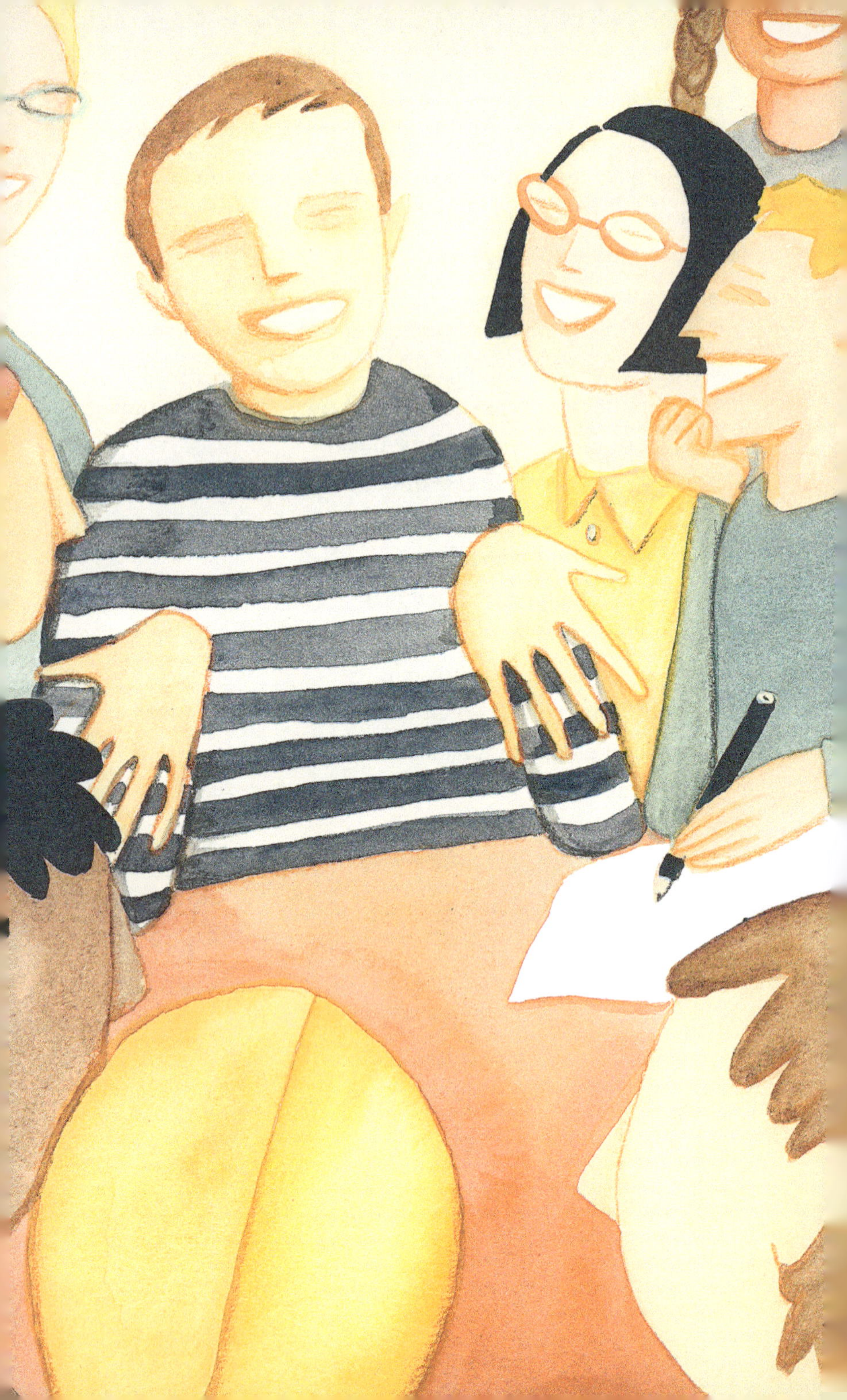

9 *Isso ninguém me tira*

Toda a vida, Bruno e eu sempre conversamos muito sobre ecologia, meio ambiente, essas coisas. Desde o começo, sempre foi um assunto em que a gente estava de acordo. Lembro que naquele primeiro dia, na praia, com Dora – meu Deus!, como isso parece longe... –, ele de repente se levantou no meio da conversa, pegou um saco de plástico que estava na areia perto de onde as ondas quebravam e foi botar numa cesta de lixo lá em cima do calçadão, do lado da barraca de água de coco. Eu achei demais e comentei. Dora também falou:

– Mas também não precisava ir lá em cima. Podia cavar um buraco e enterrar aqui na areia. A praia ficava limpa do mesmo jeito.

– Não ficava, não – respondeu ele. – Só ia parecer que ficava. Mas saco plástico é uma das coisas mais perigosas para ficar na água, assim, boiando. Principalmente para golfinhos e baleias, que comem de uma bocada só. Aí eles engolem aquele plástico que pode asfixiar os coitados de uma hora para outra. Eu sempre recolho, e imagino que posso estar salvando um animal...

Depois que voltou da Itália, então, Bruno ficou ainda mais atento a todas essas coisas, muito mais informado. E começou a dizer que queria se especializar em engenharia ambiental, que ia primeiro fazer um curso de engenharia comum, porque era o que havia em nossa cidade, mas depois ia querer seguir alguma coisa nessa área, principalmente para a recuperação das águas.

Por isso, a ideia que eu tive da reciclagem no colégio surgiu naturalmente, de nossas conversas, quando ele foi contando que em Roma havia separação de lixo, que os lixeiros já recolhiam tudo selecionado, vidros, metais, papel, plástico e lixo orgânico, tudo separado. A própria população já adiantava o serviço para reaproveitar industrialmente tudo aquilo.

Eu fiquei achando que não podia mudar de uma hora para outra, sozinha, o jeito do recolhimento de lixo aqui, tudo misturado, naqueles caminhões que trituram. Experimentei separar o lá de casa, mas não adiantava nada. Os próprios lixeiros jogavam tudo junto no caminhão. Quem tinha que mudar era a prefeitura. E ia precisar de uma boa campanha, para convencer o prefeito, e ensinar a população.

Mas um dia eu falei nisso na aula, e todo mundo concordou comigo. Eu vi que não estava sozinha. Comecei a pensar, falei com os colegas depois, e em poucos dias a minha turma tinha começado um movimento pela separação do lixo lá no colégio. As cestas de recolhimento eram diferentes, mas a gente também teve que ter um trabalhão, fazendo contatos com catadores de papel, ferro-velho, depósitos de vidros usados, todas essas coisas, para combinar de eles virem pegar diretamente na escola todo esse material, já que a prefeitura não separava.

Quer dizer, o trabalhão foi encontrar os caras. Porque eles adoraram a ideia. E sabe por quê? Porque estavam acostumados a comprar isso tudo e iam passar a receber de graça, da gente. No começo, funcionou bem. Mas eu não estava satisfeita. Da primeira vez que comentei com o Bruno que o colégio devia vender essa matéria-prima, ele riu de mim:

– Vender o lixo do colégio? Você anda com umas ideias engraçadas, Gabi. Agora só pensa em dinheiro, não é?

Fiquei meio espantada e, como não achei que ele tinha ficado muito entusiasmado, mudei de assunto. Mas não tirei a ideia da cabeça, e falei com o pessoal da minha turma no colégio. Aí, um colega meu, o Daniel, disse que tinha lido algo sobre uma outra escola pública no Rio ou em São Paulo que tinha feito uma coisa dessas e se dado superbem. Além de estar colaborando para um ambiente melhor, claro. Ele não sabia se tinham vendido todo o lixo, mas sabia que fizeram alguma coisa com latinhas de cerveja e refrigerantes usadas.

Pronto, já era uma pista! Daniel e eu fomos a uma porção de distribuidores de bebidas, tentando descobrir. Tinha gente que não entendia nada, tinha gente que caía na gargalhada e ficava gozando com a nossa cara, mas num deles o cara foi supersimpático e disse:

– Olha, isso não é com a gente, mas deve ser com o fabricante das latas. Ele é que faz uma bruta economia com isso, deve se interessar.

Acabou ajudando a descobrir o endereço do fabricante.

Nós escrevemos para lá, em nome do colégio. Eles responderam. Carta vai, carta vem, mandaram um representante conversar conosco. E aí o Daniel teve uma ideia genial:

— A gente precisa é ter um objetivo, fazer uma campanha pra todo mundo aderir, mesmo fora do colégio. Para lançar a ideia. Por exemplo, recolher um número x de latas, não sei quantas, mas que dê para fazer alguma coisa que a gente esteja querendo muito... E conseguir que os pais, os vizinhos, todo mundo colabore.

— Para cimentar de novo a quadra, por exemplo — sugeri.

Aquele cimento velho, todo rachado e esburacado me incomodava.

Daniel me olhou com um brilho nos olhos:

— Isso é fácil. Qualquer quermesse bem-feita pode conseguir a grana para isso. Ou um bom patrocinador. Pense mais alto, Gabi.

— Mais alto? Você acha que dá?

— Gabizinha... — disse ele de um jeito que me deu um aperto no coração. — A gente é do tamanho do que consegue sonhar. E, já que a realidade fica sempre abaixo do sonho, o negócio é sonhar muito alto, para chegar mais perto. Se a gente já começar sonhando pouco, não levanta voo...

— E você anda sonhando com quê? — perguntei, indiscreta.

— Ah, com uma porção de coisas. Eu tenho uns sonhos pessoais, maravilhosos, que um dia eu vou te contar, mas não agora, só quando a hora for muito favorável e puder ajudar meus sonhos em vez de atrapalhar. Sonhos para minha vida mesmo, com uma garota de que eu goste e que goste de mim, com uma profissão em que eu possa ser útil, deixar uma marca boa no Brasil e no mundo...

Ele falava de um jeito tão confiante que até ficava bonito (o Daniel não é lá essas belezas, sabe? Não chega aos pés do Bruno, por exemplo. Mas também, ninguém chega). Mas essa maneira de falar no sonho até emocionava. E ele continuou:

– Para o colégio, agora, eu acho que a gente tem que sonhar alto e ter os pés na terra. O que é que a gente quer?

– Separar o lixo.

– Perfeito! É o primeiro objetivo. Mas a gente quer que a cidade toda faça isso, então tem que conseguir fazer uma campanha enorme, que mobilize todo mundo. E para o colégio, se a gente vender montes de latinhas vazias, dá para sonhar com uma coisa também. Alguma coisa bem grande. Que tal um sistema de computadores para os alunos poderem usar? Isso ninguém vai nos dar tão cedo... Mas se a gente conseguir, é nosso. Ninguém nos tira.

Fiquei tão empolgada que dei um abraço nele e saí pulando, feito criança pequena:

– Maravilha!

E depois, na dúvida, perguntei:

– Mas será que a gente consegue?

– A gente vai conseguir! Posso contar com você?

– Claro!

Era um acordo. Eu estendi a mão, ele segurou entre as duas dele e falou muito sério:

– Combinado, parceira.

A parceria teve que funcionar muito. E deu um trabalho monumental. Convencer as pessoas, conseguir adesões, fazer um contrato com os fabricantes das latas (eles é que iam nos dar os computadores quando chegássemos a um milhão de latinhas vazias), encher a escola de cartazes, fazer palestras nas salas explicando, estar sempre ligada, tentando descobrir jeitos da campanha andar mais rápido, para aquela montanha de latas crescer mais depressa. Enfim, os meses seguintes foram completamente tomados com esse projeto. E mais aulas, trabalho, eu andava superocupada.

Bruno gostou da ideia, tinha tudo a ver com ele, não tinha como não gostar. Achou a campanha o máximo e ajudou a arrecadar latas na cantina da faculdade. Mas não gostou muito de que eu estivesse tão envolvida. E implicava muito com o Daniel. Dizia que ele era um chato, insuportável, e preferia que eu não estivesse liderando nada. Mas, a essa altura, não tinha mais jeito. Eu estava metida na coisa até os cabelos, e ele sentia que não devia forçar a barra.

Um dia, o pai da Bia, que é jornalista, resolveu fazer uma reportagem sobre a campanha. Foi lá no colégio, entrevistou todo mundo, fotografou a montanha de latas. No domingo seguinte, saiu no jornal. Com uma entrevista do Daniel, coordenador-geral do projeto. E ele explicava tudo, para todos os leitores. Mas também dizia que não tinha sido uma ideia dele, não era uma coisa individual, era o sonho de uma parceria, e falava em mim, dizia que eu é que tivera a visão de perceber que ecologia não é só conversa, mas pode ser também um negócio lucrativo para todos os envolvidos... E que a sociedade devia aprender comigo. Enfim, me botava nas nuvens. Do lado, estava minha foto. Embaixo, estava escrito: "A musa da campanha".

Pronto, foi o maior sucesso. O que começou a aparecer de jornalista não estava no gibi. Eu não achava justo, insistia que a ideia era do Daniel. Então eles publicavam meus elogios a ele. Bruno reclamou:

— Precisa ficar falando nesse cara toda hora?

— Mas eu só estou dizendo a verdade.

— E eu, como é que fico nisso?

— Bruno, você nem é lá do colégio... Nisso você não entra. Mas na minha vida, você fica onde sempre esteve, tem um lugar que é só seu...

Era engraçado. Ele implicava muitas vezes. Mas não seguia muito adiante, não deixava virar briga. Como se soubesse que uma briga a essa altura podia ser muito séria.

Aí apareceu um repórter da televisão. Faltava pouquinho para completar o milhão de latas, os computadores já tinham sido comprados e estavam sendo instalados no colégio, ia ter uma grande festa para marcar a doação oficial – a troca das latas pela sala de informática. O sujeito ligou lá para casa, marcou a entrevista para o dia seguinte.

Quando desliguei e contei, o Bruno perguntou:

— Você vai mesmo?

— Claro, que pergunta!

— E vai ficar fazendo elogios ao Daniel pra todo mundo ouvir?

— Talvez sim, talvez não.

— Posso saber por quê? – insistiu ele.

— Depende do que me perguntarem. Pode ser que eu só tenha que falar no lixo, na venda das latas, nos computadores. Mas, se ele começar a dizer que a ideia foi toda minha, que eu sou a musa inspiradora, e não sei que mais, isso é ridículo e injusto, porque é mentira. Então eu falo no Daniel, porque na verdade ele é que foi o responsável por tudo isso. E se a gente vai ter computador no colégio para estudar, é por causa dele.

O jeito de Bruno encerrar a conversa foi quase ameaçador:

— Então está bem. Diga o que você tiver vontade. Mas pense bem em tudo o que você está fazendo. Depois não se queixe.

Segui o conselho. Pensei muito. Custei a dormir de noite, de tanto pensar. Levantei e fiquei escrevendo quase tudo isto que está aqui, até o dia clarear, lembrando a nossa história, tentando entender. Sem culpas. Nós não fomos culpados quando começou. Não éramos culpados de estar acabando. Porque parecia que estava acabando, por mais triste que pudesse ser. Cada um mudou. E estava ficando tão diferente que eu não sabia mais se valia a pena continuar a insistir. Será que eu não estava a toda hora desviando dos problemas, sem querer encarar? Fazendo o que minha mãe sempre fazia e eu tanto criticava? Quer dizer, mentindo para mim mesma? Fingindo que tudo ia bem e que os problemas se resolviam? Alguma coisa dentro de mim achava um desperdício deixar que acabasse dessa maneira essa história tão linda que Bruno e eu tínhamos vivido. Passar por tudo isso para no fim a gente se perder um do outro? Nadar, nadar e morrer na praia?

Eu sentia que tinha crescido, amadurecido durante todo esse tempo. Tinha enfrentado as dificuldades dos meses que ele viveu na Itália, tinha lutado para conseguir que meus pais aceitassem Bruno do jeito que ele é. Tudo para ganhar alguma coisa que não podia se perder assim. Isso ninguém ia me tirar.

Como dormi mal, acordei meio cansada. E estava nervosa por causa da gravação. Eu nunca tinha aparecido na televisão, e ficava com um frio na barriga só de imaginar que ia ter aquela gente toda olhando para a minha cara.

Deve ter sido por causa disso. Eu estava meio aérea e me atrapalhei. Mas eles não acharam e puseram no ar assim mesmo. Pior ainda, ficaram o dia todo fazendo umas chamadas para o programa e repetindo justamente a minha cara, dizendo aquilo.

Deixa eu contar.

Quando cheguei lá no estúdio, era uma espécie de mesa-redonda. Éramos três alunos lá do colégio, da comissão organizadora (Daniel não estava), e mais um professor e a diretora. Explicaram que era uma gravação, mas que as respostas tinham que ser bem curtas, porque era só um bloco dentro do programa e não havia muito tempo.

A gravação começou. A entrevistadora foi fazendo perguntas aos outros, que explicaram a campanha, o trabalho, os objetivos. Eu achava que não tinha sobrado nada para me perguntar. Então ela disparou:

— E você, Gabriela, que está sendo considerada a musa desse movimento todo, como é que você se sente agora? Quer dizer, em termos pessoais... Já sabemos que a campanha mudou o colégio e mexeu com toda a cidade. Mas na sua vida, agora que a vitória está ao seu alcance, você não sente de repente que estão lhe tirando alguma coisa a que você dedicou tanto tempo nos últimos meses? Ficou um vazio? Ou já pensa em outras campanhas? Novos planos? Novos sonhos?

Me pegou desprevenida, porque me fez falar de coisas de dentro do meu coração. E eu fui falando, pouco e devagar. Frases e pausas. Mas depois, quando vi na tela, descobri que eles tinham feito antes uma gravação com o Daniel no colégio, na frente da montanha de latas. E ficaram cortando: um pedacinho da minha entrevista, um trechinho da dele. Elas eram quase iguais. Como se a gente tivesse combinado dizer a mesma coisa. Nem sei mais quem foi que disse o quê:

— A gente está sempre sonhando.

— Tem que sonhar grande, porque a realidade é sempre menor e, se já sonhar pequeno, só vive uma realidade muito pequena.

— Ninguém está me tirando nada.

— Eu aprendi muita coisa com tudo isso, agora eu tenho certeza de que a gente tem que batalhar para conseguir o que quer.

— Eu aprendi que quando a gente luta pelo sonho ganha muito mais do que sonhou.

— Eu ganhei muita coisa.

No fim, dividiam a tela ao meio, eu estava de um lado e Daniel do outro. E dizíamos a mesma coisa, como se fosse ensaiado:

— Ah, não! Isso ninguém me tira!

Pronto, acabava! Rodavam aquelas letrinhas dos créditos em cima, explicando quem fez o quê, e entrava um anúncio.

Minha família toda estava assistindo junta. Quando acabou, me rodearam, dando abraços, dizendo que eu estava linda, que fui muito bem, essas coisas. E de repente clareou tudo, como se tivesse um foco de luz iluminando as coisas dentro de mim.

O que essa luz mostrou é que ninguém me tira o que é meu. E o que é meu não são pessoas nem coisas, não é um namorado nem um trabalho nem uma campanha. É o que eu mesma sou, e vou passando a ser a cada dia, meu jeito, meu amor à vida, minha maneira de tentar construir meus sonhos. Isso ninguém me tira mesmo. Mas tem muita gente com quem eu posso dividir isso e que pode me dar muita coisa em troca.

Ainda tenho pela frente muita coisa para viver. Quero viajar, conhecer montes de pessoas, estudar muito, trabalhar, ter uma carreira, ficar independente, fazer mil coisas diferentes. Eu avisei que esta não era só uma história de namoro, primeiro amor, essas coisas. Mas acaba muito bem. Eu em paz comigo mesma. Daquela paz que não precisa mentir.

Não sei se vou ficar com Bruno, se um dia a gente se separa, se meus sonhos e os do Daniel ainda se encontram, se vai aparecer gente nova em minha vida, que lugar vão ocupar.

Mas tem um espaço que eu mesma ocupo nela. Isso, sim, ninguém me tira. Nunca. Agora eu já sei.

anamariamachado

com todas as letras

Nas páginas seguintes, conheça a vida e a obra de Ana Maria Machado, uma das maiores escritoras da literatura infantojuvenil brasileira.

Biografia

Árvore de histórias

"Escrevo porque é da minha natureza, é isso que sei fazer direito. Se fosse árvore, dava oxigênio, fruto, sombra. Mas só consigo mesmo é dar palavra, história, ideia." Quem diz é Ana Maria Machado.

Os cento e tantos livros dela mostram que deve ser isso mesmo. Não só pelo número impressionante, mas sobretudo pela repercussão. Depois de receber prêmios de perder a conta, em 2000 veio o maior de todos. Nesse ano, Ana Maria recebeu, pelo conjunto de sua obra, o prêmio Hans Christian Andersen.

Para dar uma ideia do que isso significa, essa distinção internacional, instituída em 1956, é considerada uma espécie de Nobel da literatura para crianças. E apenas uma das 22 premiações anteriores contemplou um autor brasileiro. Aliás, autora: Lígia Bojunga Nunes, em 1982.

Mas mesmo um reconhecimento como esse não basta para qualificar Ana Maria. Dizer que ela está entre os maiores nomes da literatura infantojuvenil mundial é verdade, mas não é tudo.

Primeiro, porque é difícil enquadrar seus livros dentro de limites de idade. Prova disso é sua entrada, em abril de 2003, para a Academia Brasileira de Letras – instituição da qual já havia recebido, em 2001, o prêmio Machado de Assis, o mesmo concedido a Guimarães Rosa, Cecília Meireles e outros gigantes da literatura brasileira.

Segundo, porque outra obra fascinante de Ana Maria é sua vida. Ela é daquelas pessoas que não param quietas, sempre experimentando, aprendendo, buscando mais. Não só na literatura. Antes de fixar-se como escritora, trabalhou num bocado de outras coisas. Foi artista plástica, professora, jornalista, tocou uma livraria, trabalhou em biblioteca, em rádio... Fez até dublagem de documentários!

Nos anos 1960 e 1970, foi voz ativa contra a ditadura, a ponto de ter sido presa e acabar optando pelo exílio na França. Esse país acabou sendo um dos lugares mais marcantes de suas andanças pelo mundo. Ana também viveu na Inglaterra, na Itália e nos Estados Unidos. Ainda hoje, embora tenha endereço oficial – mora no Rio de Janeiro –, vive pra cá e pra lá. Feiras, congressos, conferências, encontros, visitas a escolas... Ninguém mandou nascer com formiga no pé!

Ana junto à estátua de Hans Christian Andersen, em Nova York.

Fã de Narizinho

Ana Maria publicou seu primeiro livro infantil, *Bento que bento é o frade*, aos 36 anos de idade, mas já vivia cercada de histórias desde pequena. Nascida em 1941, no Rio de Janeiro, aprendeu a ler sozinha, antes dos cinco anos, e mergulhou em leituras como o *Almanaque Tico-Tico* e os livros de Monteiro Lobato – *Reinações de Narizinho* está entre suas maiores paixões.

A menina Ana aos oito anos.

Cresceu na cidade grande, mas passava longas férias com seus avós em Manguinhos, no litoral do Espírito Santo, ouvindo e contando um montão de "causos". Aos doze anos, teve seu texto "Arrastão" (sobre as redes de pesca artesanal, que conheceu em Manguinhos) publicado numa revista sobre folclore.

Muito depois, no início dos anos 70, outra revista – *Recreio* – deu o impulso que faltava para Ana virar escritora de vez: convidou-a para escrever histórias para crianças. Ana não entendeu muito bem por que procuraram logo ela, uma professora universitária sem nenhuma experiência no assunto. Mas topou.

E nunca mais parou de escrever e de crescer como autora para crianças, jovens e adultos. Nessa trajetória de aprendizado e sucesso, sempre foi acompanhada de perto por uma grande amiga, também brilhante escritora. Quem? Ruth Rocha, que entrou em sua vida como cunhada.

Por falar em família, Ana tem três filhos. Do casamento com o irmão de Ruth, o médico Álvaro Machado, nasceram os dois primeiros, Rodrigo e Pedro. Luísa, a caçula, é filha do segundo marido de Ana, o músico Lourenço Baeta. E, desde 1996, começaram a chegar os netos: Henrique, Isadora...

Fortalecida por tanta gente querida e pelo amor pela literatura, Ana Maria nunca deixou de batalhar pela cultura, pela educação e pela liberdade. E o maior instrumento para isso é seu trabalho como escritora. Afinal, como ela diz, "as palavras podem tudo".

Para saber mais sobre a autora, visite o site <www.anamariamachado.com>

Bastidores da criação
Ana Maria Machado

História de um primeiro amor

Um dos pontos de partida para esse livro foi uma súbita saudade de alguém que eu amei. Outro foi uma canção americana com o mesmo título do livro, que eu até cito no texto. A letra fala em certas coisas que parecem bobas mas fazem lembrar uma pessoa amada – e ficam para sempre conosco, ninguém nos tira. Outras canções têm esse mesmo tema, como *These Foolish Things* (Essas coisinhas bobas), de Marvell/Strachey/Link, ou *Detalhes*, de Roberto Carlos.

Acho que a saudade repentina e a lembrança dessas canções me fizeram pensar numa história de amor adolescente, mistura de algo vivido com coisas observadas e imaginadas. E aí eu comecei a pensar em histórias de amor em geral, no que será que elas

Ana aos quinze anos.

nos deixam que ninguém pode tirar. Mesmo quando o amor acaba – e muitas vezes ele acaba –, o que é que fica para sempre? Não sei, mas talvez seja tudo o que esse amor nos faz crescer.

E foi assim que a história de um primeiro amor foi virando também a história de um primeiro crescimento. Tem esperança, animação, entusiasmo e todo aquele clima de superlativos que a gente vive quando está apaixonada. Tem também a recriação de um processo às vezes difícil mas muito emocionante e bonito: o amadurecimento. Para mim, algo que sempre vem acompanhado de experiências novas, maior autonomia (geralmente conquistada por uma crescente independência financeira), contato com mais pessoas, leitura de novos livros e muita reflexão. E uma certa passagem do tempo, naturalmente.

Mas isso tudo eu só vi depois, quando reli o livro. Enquanto estava escrevendo, estava só me encantando com o Bruno, enfrentando certas indecisões femininas que muitas mães têm, certas imposições masculinas que muitos pais e namorados não conseguem evitar, e vivenciando certa empolgação com a vida, que só adolescente consegue ter.

Essa empolgação é que faz a Gabi ter certeza de que vale a pena se meter num projeto de reciclagem de latinhas usadas para conseguir uma melhoria para a escola. Novamente, eu misturei aí uma porção de elementos que os leitores costumam chamar de inspiração.

Minhas lembranças do colégio, por exemplo. Eu sempre fui muito atuante no grêmio, fazia parte da equipe que preparava o jornalzinho escolar, vivia fazendo campanha para melhorar as instalações tão precárias do nosso prédio. Mas também, recentemente, ouvi falar numa escola pública do Rio que conseguiu trocar montanhas de latinhas velhas por computadores, para informatizar todo o colégio – e vi que isso era possível. E misturei com uns ciúmes meio possessivos de uns namorados que conheci em diferentes gerações, que isso não muda muito. E com livros de que gosto muito, como o *Dom Casmurro*, de Machado de Assis, com seu personagem José Dias. Esse elemento veio porque, quando eu estava escrevendo o livro, soube de um garoto que despertou o mais total encantamento numa menina ao descrever para ela um capítulo de outro livro do mesmo Machado de Assis, o *Memórias póstumas de Brás Cubas*. Um capítulo inteiro feito só de sinais de pontuação. Foi só ele descrever isso com charme e a menina se apaixonou. E eu confirmei que os caminhos do amor são sempre surpreendentes, mas, mesmo nos dias de hoje, podem incorporar uma boa ajuda de um grande escritor.

Nos dias de hoje é modo de dizer. Esse livro foi escrito em 1988. De lá para cá, toda essa troca de cartas entre os personagens teria sido substituída por troca de *e-mails*. E a bisbilhotice da mãe teria também que ser diferente, no computador, às voltas com senhas. Mas não vale a pena trocar nada nesta nova edição. Livro é assim mesmo – um retrato do momento em que é escrito, mesmo que seja lido muito depois. Aí fica por conta do leitor se transportar àquele tempo e misturá-lo com a época em que vive. Uma das delícias de uma boa leitura é justamente essa: aceitar o livro como ele é, mas, ao mesmo tempo, trazê-lo para dentro da gente de modo que ele passe a ser parte integrante de nossa vida. E que isso ninguém nos tire. Nunca mais.

Obras de Ana Maria Machado

Em destaque, os títulos publicados pela Ática

Para leitores iniciantes

Banho sem chuva
Boladas e amigos
Brincadeira de sombra
Cabe na mala
Com prazer e alegria
Dia de chuva
Eu era um dragão
Fome danada
Maré baixa, maré alta
Menino Poti
Mico Maneco
No barraco do carrapato
No imenso mar azul
O palhaço espalhafato
Pena de pato e de tico-tico
O rato roeu a roupa
Surpresa na sombra
Tatu Bobo
O tesouro da raposa
Troca-troca
Um dragão no piquenique
Uma arara e sete papagaios
Uma gota de mágica
A zabumba do quati

Primeiras histórias

Alguns medos e seus segredos
A arara e o guaraná
Avental que o vento leva
Balas, bombons, caramelos
Besouro e Prata
Beto, o Carneiro
Camilão, o comilão
Currupaco papaco
Dedo mindinho
Um dia desses...
O distraído sabido
Doroteia, a centopeia
O elefantinho malcriado
O elfo e a sereia
Era uma vez três

Esta casa é minha
A galinha que criava um ratinho
O gato do mato e o cachorro do morro
O gato Massamê e aquilo que ele vê
Gente, bicho, planta: o mundo me encanta
A grande aventura de Maria Fumaça
Jabuti sabido e macaco metido
A jararaca, a perereca e a tiririca
Jeca, o Tatu
A maravilhosa ponte do meu irmão
Maria Sapeba
Mas que festa!
Menina bonita do laço de fita
Meu reino por um cavalo
A minhoca da sorte
O Natal de Manuel
O pavão do abre e fecha
Quem me dera
Quem perde ganha
Quenco, o Pato
O segredo da oncinha
Severino faz chover
Um gato no telhado
Um pra lá, outro pra cá
Uma, duas, três princesas
Uma história de Páscoa
Uma noite sem igual
A velha misteriosa
A velhinha maluquete

Para leitores com alguma habilidade

Abrindo caminho
Beijos mágicos
Bento que Bento é o frade
Cadê meu travesseiro?
A cidade: arte para as crianças
De carta em carta
De fora da arca
Delícias e gostosuras
Gente bem diferente
História meio ao contrário
O menino Pedro e seu Boi Voador

Palavras, palavrinhas, palavrões
Palmas para João Cristiano
Passarinho me contou
Ponto a ponto
Ponto de vista
Portinholas
A princesa que escolhia
O príncipe que bocejava
Procura-se Lobo
Que lambança!
Um montão de unicórnios
Um Natal que não termina
Vamos brincar de escola?

Livros de capítulos

Amigo é comigo
Amigos secretos
Bem do seu tamanho
Bisa Bia, Bisa Bel
O canto da praça
De olho nas penas
Do outro lado tem segredos
Do outro mundo
Era uma vez um tirano
Isso ninguém me tira
Mensagem para você
O mistério da ilha
Mistérios do Mar Oceano
Raul da ferrugem azul
Tudo ao mesmo tempo agora
Uma vontade louca

Teatro e poesia

Fiz voar o meu chapéu
Hoje tem espetáculo
A peleja
Os três mosqueteiros
Um avião e uma viola

Livros informativos

ABC do Brasil
Os anjos pintores
Explorando a América Latina
Manos Malucos I
Manos Malucos II
O menino que virou escritor

Na praia e no luar, tartaruga quer o mar
Não se mata na mata: lembranças de Rondon
Piadinhas infames
O que é?

Histórias e folclore

Ah, Cambaxirra, se eu pudesse...
O barbeiro e o coronel
Cachinhos de ouro
O cavaleiro do sonho: as aventuras e desventuras de Dom Quixote de la Mancha
Clássicos de verdade: mitos e lendas greco-romanos
O domador de monstros
Dona Baratinha
Festa no Céu
Histórias à brasileira 1: a Moura Torta e outras.
Histórias à brasileira 2: Pedro Malasartes e outras
Histórias à brasileira 3: o Pavão Misterioso e outras
João Bobo
Odisseu e a vingança do deus do mar
O pescador e Mãe d'Água
Pimenta no cocuruto
Tapete Mágico
Os três porquinhos
Uma boa cantoria
O veado e a onça

Para adultos

Recado do nome
Alice e Ulisses
Tropical sol da liberdade
Canteiros de Saturno
Aos quatro ventos
O mar nunca transborda
Esta força estranha
A audácia dessa mulher
Contracorrente
Para sempre
Palavra de honra
Sinais do mar
Como e por que ler os clássicos universais desde cedo

Nome..
Ano.................... Ensino..........................
Escola...

Suplemento de leitura
editora ática

Isso ninguém me tira, de ana maria machado

Em *Isso ninguém me tira*, tudo começa com um triângulo amoroso: Dora ama Bruno, que ama Gabi, que também ama Bruno. Mas Gabi preza as relações de amizade com a prima Dora. Não bastasse esse conflito, ela

( ) "Mas no primeiro momento, eu não sabia, nem podia adivinhar que aquele cara maravilhoso que vinha andando pela praia era justamente o famoso Bruno [...] Eu sabia tudo dele, sabia até o número do pé do sapato [...] Mas eu não conhecia a cara dele. Nem desconfiava. Não sou adivinha."

( ) "Com dois minutos de conversa, parecia que a gente se conhecia há anos. [...] Eu não me lembro de, nunca, ter curtido tanto ficar assim só conversando com alguém, achando um programa tão legal."

2. Depois de apresentar as três versões, Gabi diz:

"Pois é. Não liguei.
Mas ele insistiu e eu atendi.
E foi assim que tudo começou."

Conte você agora a *sua* versão de "Como tudo começou".

( ) Gabi não quer ferir os sentimentos de Dora. Escreve uma carta contando o que está acontecendo, mas Dora demora a responder.

( ) Seus pais e também tia Carmem – a quem Gabi admira muito – não acreditam que Dora e Bruno nunca foram namorados, e que Bruno nem tinha ideia de que Dora era apaixonada por ele.

( ) O pai de Gabi a proíbe de se encontrar com Bruno num dia em que ela tenta promover um encontro casual entre eles.

4. Usando as informações abaixo, encontre, na horizontal, os nomes de três mulheres que se envolvem de forma significativa com Gabi e, na vertical, de duas mulheres que se envolvem com Bruno, quando ele está na Itália.

na horizontal, palavras com:

• quatro letras (nome da mãe de Gabi, que às escondidas lê as cartas de Bruno)

• três letras (nome da amiga de Gabi que cede o endereço para que ela receba as cartas de Bruno)

• quatro letras (nome da professora de inglês de Gabi)

na vertical, palavras com:

• cinco letras (nome da amiga de Bruno que o ajuda em

6. A seguir, você tem alguns títulos de capítulos e, depois, trechos extraídos do livro. Coloque nos parênteses vazios dos trechos do livro o número do capítulo correspondente.

Capítulo 5: Inventando um jeito
Capítulo 6: Com um oceano pelo meio
Capítulo 7: Correntes e correntinhas
Capítulo 8: Bolhas
Capítulo 9: Isso ninguém me tira

( ) "Mas mais uma vez eu senti alguma coisa diferente. Como quando o pé da gente vai crescendo e o sapato começa a apertar, no começo muito pouquinho, depois mais [...]. E não dá para cortar o pé, voltar ao tamanho de antes."

( ) "Mas namorar de longe e por carta deve ser mesmo meio impossível. Tudo muda muito, fica muito diferente."

( ) "A noite toda, eu só tinha pensado nas coisas negativas. Tentei descobrir as positivas. Difícil, mas acabei achando."

( ) "E o que é meu não são pessoas nem coisas, não é um namorado nem um trabalho nem uma campanha. É o que eu mesma sou, e vou passando a ser cada dia [...]"

( ) "[...] grande parte da minha alegria [...] vinha de eu saber que estava conquistando mais liberdade, me preparando para ser dona do meu nariz, andar sem

- sete letras (nome da prima italiana de Bruno, com quem ele tem um caso)

```
B L B A F C I G M C A M
A O R L R I F A C A M I
D L O L A D R D A R I R
O I N E N M A R Y L R E
R T A R C I N A A R A L
A A N I I R C O L I R L
U N I M S Y A B I A D A
```

7. Continue a história de Gabi, que você acabou de ler, considerando as últimas palavras dela:

"Ainda tenho pela frente muita coisa para viver. Quero viajar, conhecer montes de pessoas, estudar muito, trabalhar, ter uma carreira, ficar independente, fazer mil coisas diferentes. Eu avisei que esta não era só uma história de namoro, primeiro amor, essas coisas. Mas acaba muito bem. Eu em paz comigo mesma. Daquela paz que não precisa mentir.

"Não sei se vou ficar com Bruno, se um dia a gente se separa, se meus sonhos e os do Daniel ainda se encontram, se vai aparecer gente nova em minha vida, que lugar vão ocupar."

5. Quando Bruno volta da Itália, Gabi finalmente conta para seus pais que eles estão namorando. Por duas vezes, Gabi se dá conta de que tem de agir para que ninguém tire dela aquilo que ela quer. A primeira vez é antes de o namoro entre ela e Bruno se oficializar; a segunda, depois. O que Gabi não queria perder antes e o que passa a não querer perder?

....
....
....

você e todos os jovens enfrentam!

1. Você leu a história desse triângulo amoroso de três pontos de vista diferentes: o de Gabi, o de Dora e o de Bruno.

a. Uma mesma personagem apresenta as três versões de "Como tudo começou". Quem é essa personagem e como ela obtém informações para contar a sua própria versão e as versões das outras duas personagens?

....
....
....
....
....
....
....
....

b. Nos trechos abaixo, retirados do livro, assinale G para a versão de Gabi, D para a versão de Dora e B para a versão de Bruno.

( ) "Quando abriu a boca para falar, fiquei de garganta seca, rosto quente – na certa fiquei vermelha – e meus joelhos tremiam tanto, que eu achei que todo mundo ia ouvir."

3. Como diz Gabi, "parece que foi simples". Mas você sabe que esse namoro com Bruno gerou muitas complicações. Assinale com um X três dessas complicações.

( ) Dora acaba ficando noiva de um amigo do irmão dela, que, enciumado, procura Bruno para tirar satisfações.